당신의 육아는 게을러야 한다

-워킹맘을 위한 일·육아·삶 생존 가이드-

●

박
미
경

지
음

FOREST
WHALE

목 차

프롤로그   부족한 나도 인정해 주세요   06

1장 시작의 밤 : 워킹맘의 임신은 전투에 가깝다

* 당신의 용기에 박수를   11
* 임신은 선택이 아니다   15
* 준비되지 않은 임신은 조금 서글프다   20
* 눈물로 배운 계약의 중요성   25
* 이것만큼은 미리미리 챙기자!   34
* 조리원보다 더 중요한 곳   45
* 출산 후, 집안에만 갇혀 있지 마세요   51

2장 미안한 밤 : 당신의 육아는 게을러야 한다

* 세상에서 가장 게으른 책육아   58
* 당0거래, 고된 육아의 한 줄기 빛   65
* 엄마에게 운전은 필수일까?   72
* 내가 외동을 선택한 이유   78

* 주말엔 집콕 육아   83

* 육아를 누워서 할 수는 없나요?   89

* 음주와 육아에 대하여   94

* 학습지, 알아서 좀 척척했으면   99

* 게으른 책육아의 방해꾼   104

* 아이 체중이 걱정이라면   112

* 해외여행, 무리해서 가야 하나요?   117

3장 고마운 밤 : 부모님 찬스를 써야 하는 당신

* 또 입원이야?   123

* 육아갈등 아니고 모녀갈등   132

* 내리사랑   138

* 부모님께 자식의 용돈이란   143

* 게으른 효도법   148

* 여행은 종종 함께 가세요   152

4장 불안한 밤 : 아이도 엄마도 자라고 있어요

* 외동, 언제까지 놀아줘야 하나요?   158

* 자녀와 같은 취미를 갖는다는 건   164

* 매일 함께 놀 친구를 찾아요   169

* 걱정이 많은 아이   174

* 맞지 않는 친구 대처법   179

* 엄마도 아이도 성장 중입니다.   184

* 엄마들 모임이 필요할까?   189

* 행복한 육아를 위해 필요한 것   196

* 아이를 변화시키는 단 한 가지   202

5장 다짐의 밤 : 일과 육아를 병행하며 나를 찾는 법

* 한 줄 일기의 힘   208

* 당신만의 취미나 취향이 있나요?   215

* 나잇살은 존재한다   220

* 우리 남편이 달라졌어요   228

* 워킹맘에게 모닝커피가 특별한 이유   233

* 나는 왜 늘 시간이 부족할까?   238

* 아침 루틴이 필요한 이유   243

* 마흔둘에 찾은 꿈   248

* 행복한 거북이 클럽에 초대합니다   258

부족한 나도 인정해 주세요

막연히 남들의 인정이 삶의 목표였던 시기가 있었다. 그것이 절대적인 가치라고 믿었다. 더 벌고, 더 인정받으면 나와 내 가족도 행복해질 거라고. 하지만 치열하게 일할수록 나는 점점 지쳐갔다. 퇴근 후 몰려오는 피로감 그리고 알 수 없는 무기력에 집에만 오면 늘어져 아무것도 할 수 없었다.

자연스레 교육과 육아에 대한 열의도 늘 바닥이었다. 엄마로서의 나는 0점이었다. 입으론 일 핑계를 늘 어놓았지만 아이에게 소홀하다는 죄책감은 하루도 빠짐없이 나를 따라다녔다. 내가 무엇을 위해 살고, 어디로 달려가는지 알 수 없었다. 내 안의 사춘기로 인해 엄마로서의 나는 잠시 멈춰 있었다.

그러다 글을 쓰며 알게 되었다. 이것이 진짜 내가 원하는 삶은 아니라는 사실을. 바쁘게 살아내느라 미뤄 두었던 질문이 다시 또렷해졌다.

'나는 어떤 삶을 살고 싶은가.'

'어떤 엄마가 되고 싶은가.'

워킹맘이 되며 나를 위한 시간은 사라졌고, 이사를 하며 경제적인 부담은 점점 커졌다. 아이가 자랄수록 비교는 따라왔고, 나만의 기준으로 육아하겠다는 다짐은 조금씩 흔들리기 시작했다.

주말마다 체험 학습을 다니고 잠자리 독서를 놓치지 않는 가정들. 야무지고 단호한 훈육을 이어가는 엄마, 아빠들. 그 모습을 볼 때마다 자신에게 묻고 또 물었다. 나 이렇게 살아도 괜찮은 걸까. 그러다 문득 깨달았다. 아이를 행복한 어른으로 키워내기 위해서는 엄마인 내가 먼저 단단해져야 한다는 것을. 내 성장을 통해 쌓은 경험과 좋은 부모가 되기 위한 노력이 있다면, 아이의 꿈 역시 충분히 지지해 줄 수 있을 거라는 결론에 닿았다.

이 책은 완벽한 육아법을 말하지 않는다. 나 역시 아직 육아라는 긴 터널의 한가운데에 있다. 우리 아이는 특별한 우등생도, 그렇다고 모범생도 아니다. 나 또한 토끼 엄마들의 부지런함에 비하면 절반에도 미치지 못하는 육아를 하고 있다. 자주 흔들리고, 실수도 많다.

다만 사랑을 표현하려 애쓰고, 감정을 배제한 훈육을 연습하며, 아이의 성장을 믿으려 노력할 뿐이다. 확실한 건 하나다. 수많은 실패를 하더라도 포기하지 않는다면, 우리는 결국 답을 찾고 조금씩 변화한다는 것. 이렇게 부족한 엄마도 매일의 작은 노력으로 조금씩 나아지고 있다는 그 사실을 전하고 싶었다. 그 여정을 생생하게 공유하길 원했다.

모든 판단이 외부가 아니라 나 자신에서 시작되기를. 타인과 비교하지 않는 육아. 게으르지만 내가 정한 기준 안에서 최선을 다했다면 충분하다. 아직 당신의 육아도 아홉 살이라는 사실을 잊지 말자. 완벽할 수도, 완벽할 필요도 없다. 아홉 살 아이와 함께 아직 스무 살인 나의 꿈도 돌보아주자. 그리고 질문을 던지자.

 지금의 삶이 답답한 당신에게, 한때 꿈을 접어두었던 당신에게. 다시 나를 선택해도 괜찮지 않겠냐고. 지금 종이와 펜을 꺼내 좋아했던 것, 잘했던 것, 허황되다고 스스로 지워버린 꿈들을 적어보자. 글이 아니어도, 그림이어도 괜찮다. 중요한 건 완벽이 아니라 시작이다.

 이 책은 엄마이기 이전에 한 사람으로서의 나를 다시 세우는 기록이다. 아이의 미래를 위해 먼저 나의 삶을 선택하기로 한 엄마의 이야기다. 그리고 예전의 나처럼 자책으로 하루를 살아가는 당신에게 건네는 응원이다.

 세상에 못난 엄마, 잘난 엄마는 없다. 의지만 있다면 나와 내 아이는 언제든지 더 나아질 수 있다.

1장.

시작의 밤

-워킹맘의 임신은 전투에 가깝다-

언니의 한마디

"마음 단단히 먹어.
임신 이후가 진짜 실전 인생이야."

당신의 용기에 박수를

"엄마, 나 임신했어."

선명한 두 줄, 그 설렘을 기억한다. 하지만 처음에는 임신을 망설였던 게 사실이다. 빈손으로 시작했기에 반드시 맞벌이를 해야 했던 우리. 그러나 정부지원 육아 도우미는 자격 요건이 되지 않았고 사설 도우미의 도움을 받기에는 둘의 급여로 턱 없이 부족했다. 아이를 낳아도 육아의 도움을 받을 친정과 시댁은 모두 아주 먼 곳에 있었다. 대부분의 돈은 주거비에 묶여 있었고, 나는 출산 후 곧바로 일을 시작해야 했다. 새벽 출근을 하는 우리가 과연 도움 없이 아이를 돌볼 수 있을까.

이런저런 생각에 둘이 알콩달콩 살자, 그렇게 다짐했다. 술잔을 기울일 때마다 의지를 다졌다. 둘이 잘 살겠노라, 행복하게 살겠노라고. 하지만 친정엄마의 한마디에 그 다짐은 스르르 무너졌다.

"내가 당분간은 서울에 올라가서 애를 봐줄 테니까, 걱정하지 마라."

고맙고 또 죄송했지만, 굳은 결심이 흔들리고 있었다. 아이가 필요 없다던 남편도 그제야 본심을 고백했다. 우리는 그렇게 부모 됨을 준비하고 있었다. 친정엄마의 희생이 없었다면 불가능했을 나의 9년. 누군가의 희생과 눈물로 아이는 그렇게 자라고 있었다.

딩크족과 1인 가구 시대, 임신을 결심한 당신에게 박수를 보내고 싶다. 누리는 삶, 풍요롭고 여유로운 삶을 뒤로 하고 우리는 부모가 되었다. 높은 물가와 집값에 맞벌이는 필수인 시대, 아이를 임신한 순간 치열한 실전 인생을 시작하게 된다. 종종 태아 검진에서 이상이 있을 때, 지옥철에서 울렁이는 속을 부여잡을 때 인생의 높은 계단을 만나게 된다. 그러나 내 아이를 지키겠다는 일념 하나로 버티고 또 버틴다. 알 수 없는 모성애가 나를 움직이게 한다.

하지만 출산하고 아이가 커갈수록 더욱더 높은 계단이 나를 기다리고 있다. 육아가 수월해지나 싶더니 교육의 장벽이, 때로는 아이의 교우관계가 나를 힘들게 한다. 늘어나는 교육비에 맞벌이를 놓을 수는 없는데, 체력은 점점 고갈되어 간다. 씻기고 먹이고 공부시키고…. 할 일은 많은데 피곤한 몸은 꿈쩍도 하지 않는다.

"엄마도 좀 누워있고 싶어."
목구멍까지 차오르는 말을 차마 내뱉지 못한다. 번아웃이 온 걸까, 일도 육아도 어느 하나 제대로 하는 게 없는 것 같다. 밀려오는 자괴감과 이 밤이 가는 아쉬움에 잠들지 못하는 나. 불 꺼진 거실에서 애꿎은 쇼츠만 넘기고 있다.

이런 당신에게 전하고 싶다. 당신의 육아는 게을러야 한다고, 엄마도 행복해질 권리가 있다고. 오늘 저녁은 그 무엇을 시도할 체력도 여유도 없지만, 향긋한 커피와 책 한 권으로 매일 하루를 시작하고 싶지 않은가. 당신은 충분히 그럴 자격이 있다.

글을 시작하며 이 땅의 모든 엄마에게 따뜻한 격려를 전한다. 그리고 말하고 싶다. 우리 이제 그만 행복하자고.

오늘의 생존 팁
미리 걱정하지 말아요. 엄마라는 이름이 당신을 더 강하게 만들 거예요.

임신은 선택이 아니다

•
•
•

임신 준비를 해본 사람들은 알 것이다. 부모가 되기로 결심하기도 힘들지만, 임신에 성공하기는 더더욱 어렵다는 사실을. 고백하자면 나는 무조건 임신이 잘 될 거라고 생각했다. 친정엄마도 동생과 나를 자연스럽게 가졌고 나의 생리주기도 거의 일정했기 때문이다. 임신 능력에 대한 근거 없는 자신감이 있었던 걸까. 걸리는 게 있다면 딩크족으로 살지 말지 고민이 많았던 터라 몇 년간 피임했다는 사실. 그래도 확신했다. '임신 준비만 하면 떡하니 임신이 되겠지.'

그렇게 야심 차게 임신을 선택했지만, 웬일인지 번번이 테스트기는 한 줄을 가리키고 있었다.
'엽산도 먹고 운동도 하는데 도대체 왜…. 이러다 난임으로 가면 어떡하지?'

점점 마음이 타들어 갔다. 나이가 있어서 그런 걸까 아니면 그동안 몸 관리를 너무 안 해서일까. 종종 술자리로 퇴근이 늦어지는 남편을 보면 울화가 치밀기도 했다.

'아니, 나만 속이 타는 거야?'

스트레스가 극에 달하자, 모든 것을 내려놓기에 이르렀다.

'그래, 어차피 딩크로 살지 말지 고민했잖아. 부모가 되는 게 무섭기도 하고. 안되면 포기하지 뭐.'

그렇게 마음을 비운 며칠 뒤, 함께 일하는 동료 언니와 직장 근처에서 다이어트 복싱을 시작했다. 이왕 포기한 김에 살이라도 빼고 싶었다. 관장님은 국가대표를 키우듯 우리를 단련시켰다. 아줌마 둘이서 체육관을 돌고 또 돌았다. 땀이 비 오듯 쏟아지고 매일 다리가 풀려 집으로 향했다.

"쌤은 이제 임신 준비 안 하는 거야?"

집으로 오는 지하철에서 복싱 메이트 언니가 물었다.

"네, 마음 비웠어요. 1년 가까이 시도했는데 안 되더라고요. 그런데 왜 운동을 하면 할수록 입맛이 돌고 몸무게는 점점 늘어가는 걸까요?"

어차피 딩크에 대한 미련도 있지 않았냐며 스스로 합리화했다. 그리고 깨닫게 되었다. 나의 교만함을, 임신은 선택이 아님을. 엄마가 될 운명이 아니면 차선의 삶에서 기쁨을 찾자며 마음을 다잡았다.

언니와 헤어진 후 집으로 걸어가는데 문득 스치는 생각.
'참, 그러고 보니 마지막으로 생리가 끝난 날이 언제였지?'
아차 싶었다. 집에 오자마자 가방을 던져놓고 테스트기를 들고 화장실로 달려갔다. 손이 덜덜 떨렸지만, 이번에는 왠지 느낌이 달랐다. 결과를 기다리는 1분이 한 달처럼 느껴졌다.

'두 줄…'
악 소리가 절로 나왔다.
"자기야, 나 두 줄 나왔어."

다음날 퇴근하자마자 산부인과에 달려갔고, 아기집을 보고 나서야 실감이 났다.

'하느님, 감사합니다. 엄마가 될 기회를 주셔서.'

'아가야, 고마워. 나를 선택해 줘서.'

뜨거운 눈물이 볼을 타고 흘렀다. 포기의 끝자락에 내게 온 아이. 소중하고 감사했다. 그리고 며칠 뒤 노랗고 커다란 보름달이 떠오르는 태몽을 꾸었다.

하지만 그때까지도 몰랐다. 매운맛 진짜 인생이 시작되고 있음을.

▶ 행복하게 임신을 기다리는 방법

난임이 많은 요즘, 뜻대로 아이가 오지 않을 때 우리는 조급함을 느낍니다.

'이대로 영영 임신이 안 되면 어떡하지?'

조심스럽지만 경험상 그럴수록 마음을 비우고 나 자신에게 집중해 보는 것도 좋은 방법입니다. 일단 임신을 하게 되면 자유롭게 할 수 있는 일들의 범위가 줄어들거든요.

가벼운 운동을 하거나, 악기 또는 그림을 배워보는 건 어떨까요? 미루어 두었던 일을 시작하며 지금의 기다림을 즐겨보세요. 이 또한 다시 오지 않을 귀중한 시간이니까요. 내게 올 아이라면 언젠가 꼭 찾아온답니다. 안되면 딩크로 살아도 괜찮다는 생각이 오히려 저에겐 위로가 된 것 같습니다.

오늘의 생존 팁
돌아보니, 아이를 기다리며 조급함만 가득했던 그때도 다시 오지 않을 소중한 시간이었어요.

준비되지 않은 임신은 조금 서글프다

"주인집에서 전화 왔어. 올해 계약기간 끝나면 집 비워달라고. 아들 부부가 들어올 거래."
"헉…. 그럼, 오늘부터 전셋집 알아봐야 되네?"

유난히 칼바람이 매서웠던 2016년 서울의 12월, 우리 부부는 난생처음 전세살이의 현실을 마주했다. 주인집 며느리의 임신 때문인 듯했다. 아마도 아들 내외에게 육아 도움과 안정적인 주거 환경을 제공하고 싶으셨겠지. 마음이 급해진 나는 퇴근 후 무거운 몸을 이끌고 발품을 팔았다. 부동산 사장님의 차를 타고 천호역 근처 전셋집을 돌고 또 돌았다.

"여긴 진짜 싸게 나왔어요. 지하철에서 거리가 있긴 한데, 이만한 곳이 또 없다니까."
잿빛 기다란 복도 끝 녹슨 철제 현관문, 문에 덕지덕

지 붙어 있는 세월의 흔적. 누런 벽지에 지도처럼 새겨진 곰팡이 자국…. 역세권은 집이 너무 낡았고, 집이 마음에 들면 교통이 불편했다. 게다가 엘리베이터가 없다는 점 또한 마음에 걸렸다. 태어날 아이의 유모차와 짐 때문에 이런 집 또한 제외했다.

'날짜는 다가오는데 마땅한 집이 없네.'

속이 타들어 갔다.

"딩동."

일요일 아침, 다시 발품을 팔기 위해 식사를 하고 있는데 초인종이 울렸다. 주인집 아들 부부였다. 낮에 잠시 들린다더니 생각보다 빨리 왔나 보다. 입주 전 집을 뜯어 리모델링을 하기 위해서라고 했다. 주인집 며느리는 같은 임산부이지만 나와는 틀려 보였다. 곱고 여린 어깨선 그리고 배만 볼록 나온 날씬한 임산부. 윤기가 흐르는 얼굴에도 여유가 넘쳐 보였다.

"어머, 생각보다 넓은데? 여기서 여기까지 터서 거실을 넓게 쓰면 되겠다. 여긴 아기 침대 놓고."

두 부부는 집을 예쁘게 꾸며 아이 방을 만들어줄 생

각에 벅차고 설레어 보였다. 내가 바라던 진짜 신혼부부의 모습. 부럽고 조금은 서글펐다.

'임산부 사이에도 계급이 존재하는 걸까?'

눈을 질끈 감았다. 상상 속에 나는 세상에서 제일 게으른 임산부이다. 포근한 아침햇살이 이마를 간지럽히면 나른한 기지개를 켠다. 따끈하게 우유를 데우는 사이, 미뤄두었던 뜨개질을 시작한다. 오늘은 애착 인형 만들기와 임산부 요가 수업이 있는 날.

오후 2시, 책을 읽다 소파에서 늘어지게 낮잠을 자던 나는 대강 겉옷만 걸치고 산부인과 문화센터로 향한다. 병원 유리문 앞에 비친 내 모습. 카페인이 적다는 말차라떼를 한 손에 들고 기다란 카디건을 걸친 내 모습이 제법 예쁜 임신부처럼 보인다. 내가 꿈꿔오던 여유롭고 행복한 모습이었다.

생계를 위해 치열하게 눈물로 버틴 나의 열 달. 하지만 비교의 감옥에서 벗어나야 했다. 로망은 로망일 뿐. '아이가 건강하면 되지 뭐. 이렇게 나한테 와 준 것만 해도 너무 감사하잖아.'

새벽 출근길 무거운 몸으로 지하철에 올랐던 기억, 가끔 외면받았던 임산부 배지, 붕대 감은 손목으로 버텼던 직장생활. 임산부를 행복 순으로 줄 세운다면 나는 과연 몇 번째쯤 서 있을까. 하지만 이제는 안다. 완벽히 행복한 이도, 완벽히 불행한 이도 없음을. 그리고 힘든 시간 덕분에 뱃속의 네가 더 소중하다는 걸. 걱정, 불안과 함께했지만 열심히 버텨낸 나의 임신 생활은 일등급임이 분명했다.

▶ 육아의 기록을 모아보세요

임신 중 변비, 빈혈, 다리부종, 요통 등 신체적 불편함도 괴로웠지만 심리적인 불안감 또한 나를 괴롭혔습니다. 이사, 겪어보지 않은 육아에 대한 걱정 등이 늘 머릿속을 헤집어 놓았지요. 힘든 출근길, 뱃속의 생명을 지켜야 한다는 책임감 그리고 변해버린 외모 때문에 종종 우울하기도 했습니다.

하지만 돌이켜보니 그 시기 또한 제 인생에 다시 오지 않을 순간이더군요. 배 속의 아이와 가장 가까이 있는 시기이기도 하고요. 다시 그때로 돌아간다면 임산부로서 할 수 있는 모든 일을 다 해

볼 것 같아요. 맛있는 음식을 많이 먹고, 실컷 자고 책도 많이 읽고요. 남편한테 음식 심부름도 시키고, 태교 여행도 가고 싶네요.

그리고 겪었던 이 모든 감정과 시간을 육아일기에 기록해 두고 싶습니다. 예능에서 모 연예인의 어머니가 육아일기를 아주 오랫동안 쓰셨더라고요. 그 어머니도 워킹맘인데 오랜 세월 그걸 어떻게 다 기록하셨는지.

아이와의 웃지 못할 에피소드도 흘려버리지 말고 꼭 기록해 두세요. 훗날 성장한 아이와 킥킥거리며 함께 추억을 곱씹을 수 있을 테니까요. 저는 사진은 클라우드에, 에피소드는 태블릿에 폴더를 만들어 간단히 키워드로만 기록해 두고 있습니다. 시간적 여유가 있다면 일기 형식의 글이 더 좋을 것 같네요. 아마 훗날 아이에게 물려줄 보물 1호가 되지 않을까 싶습니다.

오늘의 생존 팁
오늘도 무거운 몸을 이끌고 출근하는 당신, 힘겨운 열 달도 언젠가는 지나갑니다. 우리 조금만 더 힘내요. 나 그리고 곧 만나게 될 아이를 위해.

눈물로 배운 계약의 중요성

"그냥 이 집으로 할까 봐."

전셋집을 알아보던 우리는 결국 신축 빌라의 매매를 결정하게 되었다. 마땅한 집이 없기도 했고 전세금이 치솟아 매매가격과 큰 차이가 없었기 때문이었다. 우리가 알아본 곳은 강동구 성내동, 바로 남편이 자취하던 동네이다.

성내동은 골목시장이 있어 장보기가 편했고 가성비 맛집들이 즐비해 있었다. 천호역과도 그리 멀지 않았으며 무엇보다 대형마트와 경찰서, 놀이터, 학교, 영화관, 올림픽 공원이 가까이 있어 생활하기가 매우 편리했다. 천호역은 5호선과 8호선이 만날 뿐 아니라 강남, 잠실과도 가까워 배움에 열정이 있는 나 그리고 야구 매니아인 남편의 니즈를 고루 충족시켰다.

물론 아파트처럼 커뮤니티 시설과 산책 공간이 있거나 초등학교를 끼고 있지는 않았다. 하지만 메뚜기 생활에 지친 우리에겐 최선의 선택임이 분명했다. 무리해서 빚을 늘리고 싶지도 않았고 그럴 여유도 없었으니까. 그저 내 집이 생긴다는 사실에 가슴이 뛰었다. 부동산에서 보여준 두 집 중에 좀 더 자재가 좋고 탄탄해 보이는 빌라로 결정했다. 복도의 고급스러운 조명과 반질반질 황금색 엘리베이터도 선택의 이유 중 하나였다. 사실 촌스러운 내 눈에는 모든 것이 다 좋아 보였다.

결심한 다음 날, 다 함께 모여 계약서를 읽고 사인을 했다. 단지 하나 걸리는 게 있다면 집의 일부분이 불법 건축물이라는 사실. 사장님 말로는 빌라를 짓다 보면 일부 호수에 이런 건축물이 있을 수밖에 없고, 그 대신 분양가를 많이 할인해 주는 거라고 했다. 나중에 내야 할 벌금도 미리 챙겨 주신다고. 분명 계약서에 사인할 때는 수긍이 되었는데 집에 들어오는 내내 불법이란 단어가 마음에 걸렸다. 자다가도 일어나 관련 내용을 미친 듯 찾아보았다.

'도저히 안 되겠다.'

나는 다음날 저녁밥을 먹으며 남편에게 고민 보따리를 풀어내었다.

"우리 가계약한 집 말이야, 아무래도 불법 건축물이 있다는 게 마음에 걸려. 벌금을 물고 버틴다고 하더라도 이다음에 팔려고 내놓았을 때 매수자가 없을 수도 있고, 다음 달에 우리가 잔금 넣어야 할 때 대출이 안될까 봐 그것도 찜찜해."

내 이야기를 들은 며칠 동안 남편은 말이 없었다. 밤새 한숨을 쉬며 맥주만 마셔댔다.

그리고 어느 날 저녁, 분양사무실에서 걸려 온 전화.

"남편분이 여기 찾아와서 자꾸 이상한 소리를 하시네요. 지금 건축주 사장님이랑 언성을 높이고 있어요. 빨리 와서 모셔가세요."

"어머, 죄송합니다. 제가 최대한 빨리 가볼게요."

심장이 쿵쾅거렸다. 크게 싸우고 있는 건 아닐까, 혹

시 민폐를 끼치고 있는 건 아닌지…. 옷을 대강 걸쳐 입고 분양사무실로 향했다. 예상대로 사장님은 잔뜩 화가 난 상태였다.

"아니, 젊은 사람이 왜 이렇게 막무가내야? 내가 안 된다고 했잖아."

내용은 대강 이러했다. 남편이 다짜고짜 찾아가 계약을 취소하고 싶으니 제발 계약금을 돌려달라고 했다는 것. 매수자의 변심이 사유라면 계약금을 돌려받을 수 없지만 한 번만 사정을 봐달라고 억지를 쓰고 있었다.

순간 묵혀두었던 감정이 한꺼번에 쏟아져 나왔다. 무릎이라도 꿇고 싶었다.

"아 그렇군요. 죄송합니다. 그런데 사장님, 염치없지만 정말 안 되는 거죠? 집은 너무 마음에 드는데 불법건축물이 계속 마음에 걸려서요. 이런 부탁드려서 정말 죄송합니다."

"새댁까지 왜 그래? 이런 경우는 없어. 안 되는 건 안 되는 거야."

대답을 예상 못 한 건 아니었다. 하지만 단호박 그의 대답에 밀려오는 절망감.

"아니면 방법이 하나 더 있긴 한데... 불법건축물이 없는 그 빌라의 다른 집을 사는 건 어때?"

눈이 번쩍 뜨였다. 사장님은 분양 현황이 적힌 두루마리 종이를 꺼내어 내 앞에 펼쳐놓았다. 일단 평수가 제일 작은 집은 방이 두 개고 화장실이 한 개라 제외했다. 친정엄마의 육아 도움을 받기엔 집이 턱없이 좁아 보였다. 나머지 한 집은 불법 건축물도 없고 평수도 훨씬 넓었지만, 금액이 부담스러웠다. 그러나 선택의 여지가 없었다. 계약금을 날리지 않으려면 이 방법이 최선이었다.

집을 환불할 수 없으니 다른 집으로 바꿀 수밖에. 집도 물건처럼 환불이 되면 얼마나 좋을까. 욕심에 떠밀려 신중하지 못했던 나 자신에게 화가 났고, 무리한 부탁을 드렸던 사장님께 죄송했다. 그나마 다른 선택을 할 수 있어 다행이라고 해야 할까.

만약 당신이 내 집 마련을 계획하고 있다면, 당부하고 싶다. 급하더라도 욕심을 내려놓고, 찬찬히 따져본 후 결정을 하라고. 성급한 판단에 사인을 해 버리는 순간 나는 을이 되며 되돌리기가 쉽지 않다. 행복한 주택 계약을 위해서는 따지고 또 따져보아야 한다. 나 또한 주택 매매가 처음이라 더 어설펐는지도 모르겠다.

명치를 짓누르던 돌덩이 하나가 사라진 기분이었다. 순진했고 무지했던 우리 부부는 이렇게 또 하나씩 배워가고 있었다. 모든 계약은 신중해야 한다는 사실을.

▶ 주택 계약 시 주의 사항

1. 전월세 그리고 매매 시 집을 꼼꼼히 살펴보셔야 합니다. 보이지 않는 곳에 결로와 해충의 흔적이 있는지, 대중교통과 가까운지, 낮에 해는 잘 드는지, 수압은 괜찮은지, 소음이 심하진 않은지 등.
2. 빌라의 경우는 관리사무소가 따로 없어 대표를 뽑지 않는 이상 관리가 힘든 경우가 많은데요. (빌라 주인이 같이 거주하며 관리하고 세입자를 받는 경우는 제외입니다)

분리수거, 공용면적 청소, 건물 하자에 대한 하자보수 예치금 관리가 잘 되는 곳인지, 관리비는 얼마인지도 잘 점검해 보셔야 합니다. 요즘은 관리비로, 빌라 관리를 대행업체에 맡기는 경우도 있다고 하더군요.

3. 불법건축물 유무도 계약 전 꼭 확인하세요.

4. 계약금과 잔금 전달 시 그 집 명의의 진짜 주인인지 확인하는 거 잊지 마시고요.

5. 근생 빌라나 쪼개기 방 계약 시에도 주의가 필요합니다.

   *근생 빌라: 건축물대장상 용도가 근린생활시설로 되어 있습니다. 저렴하고 취사와 세면시설도 갖추고 있으나 불법용도 변경인 경우가 많습니다. 대출 등에 여러 가지 제약이 있을 가능성이 있습니다.

   *쪼개기 방: 건물주가 다세대, 다가구 주택의 호실을 몇 개로 분리해 놓은 것. 건축물대장상의 세대수와 실제 건물의 층별 세대수 차이를 잘 확인해 보아야 합니다. 특히 다세대 쪼개기 방의 전입신고 시에는 등기부상에 나와 있는 호수로 상세 주소를 잘 기재해야 하는 등 주의를 요합니다. 또한 전세 보증보험 가입이 가능한지도 미리 따져보아야 합니다.

6. 전세 계약 시 전세 보증보험은 꼭 가입하시고 업계약과 다운 계약의 유혹에 현혹되지 마시길 바랍니다.

*업계약과 다운계약: 실제 매매 금액보다 높거나 낮게 신고 하는 것. 대출한도를 늘리거나 세금을 줄이기 위해 행하여지 나 엄연한 불법입니다.

〈참고 법률-출처: 대한 법률구조공단〉

가. 근린생활시설은 주택과 용도가 다르게 분류되어 있으므로, 주거용으로 사용하기 위해서는 용도변경 절차를 거쳐야 합 니다. 기존 건축물의 구조나 외부 형태를 변경하여 '쪼개기 방'을 만드는 행위는 대수선 또는 증축, 용도변경에 해당할 수 있습니다. 허가나 신고 없이 무단으로 용도를 변경하거나 공사를 하면 불법 건축물에 해당하고, 건축법 위반으로 처벌 될 수 있습니다(건축법 제11조, 제19조, 제49조, 제110조).

나. 불법 건축물의 경우 전세 자금 대출이나 전세 보증보험 가입 이 제한될 수 있고, 건물 전체가 경매에 넘어갈 경우, 전입신 고가 늦거나 다른 선순위 채권자가 있다면 보증금 전액을 돌 려받지 못할 수 있습니다. 특히 '쪼개기 방'의 경우 다른 세입 자들과 순위를 다투게 되므로 보증금 회수에 큰 어려움이 발 생할 수 있습니다.

다. 주택임대차 계약에서 업/다운 계약서를 작성한 후 주택 임대
차 계약을 거짓으로 신고하면 과태료가 부과되고(부동산 거
래 신고 등에 관한 법률 제6조의 2, 제28조), 세금을 탈루할
목적으로 계약서를 허위로 작성하면 조세범 처벌법에 따라
처벌을 받거나 가산세가 부과될 수 있으며, 전세 자금 대출
등을 받을 목적으로 허위 계약서를 작성하였으면 사기죄가
성립할 수 있습니다.

오늘의 생존 팁
모든 계약 시 찜찜한 건 확인 또 확인하세요.

이것만큼은 미리미리 챙기자!

•
•
•

나는 철새 같은 사람이었다. 20대의 후반전을 바쁘디바쁜 검진센터에서 보내고 4년 차의 끝자락에 사직서를 던졌다. 그리고 처음 맛본 프리랜서의 삶은 도파민이 팡팡 터지는 나날이었다. 젊어서일까, 이리저리 옮겨 다니는 일이 생각보다 더 재미있었다. 상사의 눈치를 볼 필요도, 동료와 감정 소모를 할 이유도 없었다.

어떤 날은 서울의 외곽으로, 또 어느 날은 경기도로 출퇴근했다. 오전 근무를 마친 후에는 퇴근길에 신나게 쇼핑을 했다. 그리고 집에 와서 늘어지게 낮잠을 잤다. 듣고 싶었던 전공 관련 강의도 마음껏 들었다.

원거리 지방 출장 일정이 있는 날은 더욱 신이 났다.

나는 지방 출장을 위해 난생처음 여행 캐리어를 장만했다. 멋모르고 간 첫 출장에서 나 빼고 모두 집채만 한 캐리어를 들고 왔기 때문. 나의 선택은 반질반질 윤이 나는 핫핑크색 캐리어였다.

캐리어를 끌고 검진 버스에 오르는 날은 마치 홀로 공짜 여행을 떠나는 기분이었다. 돈도 벌고 여행도 하고 맛있는 저녁도 얻어먹고…. 일석삼조가 아닌가. 처음엔 낯가림 때문에 힘들었지만, 짬이 생기자 아는 사람들이 제법 생겼다. 저녁에는 숙소에서 술 한 잔을 기울이며 수다를 떨거나 다 같이 그 지방 맛집을 찾아다녔다.

하지만 이런 나의 자유도 그리 오래 가지 못했다. 남편과 결혼 후 얼마 되지 않아 지방 출장 검진 일자리가 많이 사라졌기 때문. 부부가 같은 일을 하고 있었던 터라 어느 한 명은 직업적 안정이 필요했다. 그때부터 나의 방황이 시작되었다.

한 군데 진득이 있는 법이 없이 단기 일자리만 골라

다녔다. 임신을 염두에 두고도 철없는 방황은 이어졌다. 그러다 들어간 마지막 직장에서 아이가 생겼다. 그곳은 계약직 비율이 95% 이상인데 퇴직금을 주지 않기 위해 단기 계약직으로만 돌린다는 소문이 있었다. 나도 그 계약직 직원 중 한 명이었다.

법적으로 육아휴직을 쓰려면 6개월 이상 고용보험 가입 이력이 있어야 한다. 육아휴직이 얼마나 중요한지 알았다면, 이렇게 자유를 만끽했을까. 그 조건에 부합하지 않는 나는 막달에 퇴사했고 5개월 된 아이를 두고 다시 구직을 해야 했다. 임신을 하고 아이를 낳고 나서야 알게 되었다. 나의 미숙함과 대책 없음을.

출산 휴가 3개월에 1년 육아휴직을 붙여 쓸 수 있다면, 당신의 육아는 훨씬 수월해질 것이다. 아이가 태어나면 미리 어린이집 대기를 걸어 놓고 산후조리와 아이 돌봄에 집중할 수 있다. 돌이 지나 휴직 기간이 끝나면 아이를 어린이집에 보내면 된다.

보통 집 근처나 직장 근처 어린이집을 알아보지만,

아이가 갑자기 아플 때도 생각을 해야 한다. 영유아는 갑자기 열이 오르거나 컨디션의 난조로 조퇴를 하는 경우가 많다. 그럴 때 내가 급하게 휴가를 쓸 수 없다면 응급 상황에 아이를 케어해줄 사람과 가까운 어린이집을 등록하는 것이 편리하다.

또한 차량 운행을 하고 아이를 일찍부터 늦게까지 맡아줄 수 있는 기관이면 더더욱 좋다. 간혹 일찍 출근하거나 늦게 퇴근할 일이 생길 수도 있기 때문이다. 무엇보다 우리 부부는 둘 다 주6일 근무를 하기 때문에 토요일 육아 공백이 가장 큰 문제였다. 토요일에 아이를 맡아줄 육아도우미를 구하기가 쉽지 않았다. 친정엄마의 도움이 없었다면, 나는 엄마가 될 꿈조차 꾸지 못했을 것이다.

무지함으로 챙기지 못한 나의 육아휴직. 만약 임신을 계획하고 있다면, 미리미리 준비하시길. 그리고 눈치 보지 않고 육아휴직을 쓸 수 있는 직장에서 일을 시작하길 조심스럽게 권하고 싶다.

▶ 출산전후휴가와 육아휴직-
고용노동부 질의 내용 및 고용24 사이트 참조

[출산전후휴가]

근로기준법 제74조에 따라 사용자는 임신 중의 여성에게 출산 전과 출산 후를 통하여 90일(한 번에 둘 이상 자녀를 임신한 경우에는 120일)의 출산전후휴가를 주어야 하고, 근로기준법 제74조제4항에 출산전후휴가 최초 60일(한 번에 둘 이상 자녀를 임신한 경우에는 75일)은 유급으로 규정되어 있습니다.

[출산전후휴가급여]

고용보험법 상 정부에서 지원하는 출산전후휴가급여는 근로기준법 상 출산전후휴가를 받은 경우로서 아래의 요건을 모두 충족한 근로자에게 지급하며, 근로자의 휴가개시일 기준 통상임금을 기준으로 지급(단, 상한액 월 210만원)하며, 우선지원대상기업은 90일 모두 지원(다태아의 경우 120일)이 가능하고, 대규모 기업은 마지막 30일(휴가기간 90일 중 회사가 지급하는 60일을 초과한 30일, 다태아의 경우 휴가기간 120일 중 회사가 지급하는 75일을 초과한 45일)지원이 가능합니다.

*통상임금이란? 기본급과 각종 수당을 포함한, 근로자에게 정기적으로 지급되는 임금 <고려대 한국어 대사전>

1) 신청 자격
① 휴가가 끝난 날 이전 고용보험 가입 기간이 180일 이상일 것
② 휴가 시작일(대규모 기업 근로자의 경우 휴가 시작 후 60일이 지난 날)이후 1개월부터 휴가가 끝난 날 이후 12개월 이내에 신청할 것(30일 단위로 신청 가능)

2) 신청 방법
출산전후휴가 급여의 신청은 출산전후휴가 시작일 이후 사용한 출산전후 휴가기간에 대하여 30일 단위로 신청하시거나 휴가 종료 후 일괄하여 신청도 가능하며, 신청인의 거주지 또는 사업장 관할 고용센터로 방문·우편 및 온라인으로 신청 가능합니다.

3) 온라인 신청 방법
고용보험 홈페이지(www.work24.go.kr) 접속 후 (회원가입, 공인인증서 로그인 후 가능)
- 단, 사업장에서 고용보험 홈페이지(기업회원 로그인)를 통해 출산전후휴가 확인서를 제출했을 경우에 한하여 1회차부터 온

라인(모바일 앱) 신청 가능하며, 그렇지 않은 경우에는 2회차부터 온라인 신청이 가능합니다.

[육아휴직]

-「남녀고용평등과 일·가정 양립 지원에 관한 법률」제19조에 따라 사업주는 임신 중인 여성 근로자가 모성을 보호하거나 근로자가 만 8세 이하 또는 초등학교 2학년 이하의 자녀(입양한 자녀를 포함한다. 이하 같다)를 양육하기 위하여 휴직(이하 "육아휴직"이라 한다)을 신청하는 경우에 이를 허용하여야 합니다. 다만, 대통령령으로 정하는 경우(계속 근로한 기간 6개월 미만인 자가 신청하는 경우)는 허용하지 않습니다.

-육아휴직의 기간은 1년 이내이나, 다음 각 호의 어느 하나에 해당하는 근로자의 경우 6개월 이내에서 추가로 육아휴직을 사용할 수 있습니다.

1) 같은 자녀를 대상으로 부모가 모두 육아휴직을 각각 3개월 이상 사용한 경우의 부 또는 모
2) 「한부모가족지원법」 제4조제1호의 부 또는 모
3) 고용노동부령으로 정하는 장애아동의 부 또는 모

-육아휴직시작일 30일 전에 회사에 육아휴직신청서를 제출해야 합니다.

[육아휴직급여]
고용보험법상 지급하는 육아휴직급여는 「남녀고용평등법」에 따른 육아휴직을 30일 이상 부여 받은 피보험자 중, 아래의 요건을 모두 충족한 근로자에게 지급합니다.

1) 신청 자격
① 육아휴직을 시작한 날 이전에 고용보험 가입 기간이 합산하여 180일 이상일 것
② 육아휴직을 시작한 날 이후 1개월부터 육아휴직이 끝난 날 이후 12개월 이내에 신청하여야 합니다.
*다만, 해당 기간에 대통령령으로 정하는 사유로 육아휴직 급여를 신청할 수 없었던 사람은 그 사유가 끝난 후 30일 이내에 신청하여야 함

2) 육아휴직급여의 구체적인 신청 방법
-방문/우편 신청: 신청인의 거주지 또는 사업장 소재지를 관할하는 고용센터에 제출

*대리인도 신청가능(단, 신청서는 본인이 작성해야 하며 대리인은 작성 완료된 신청서를 단순 접수(제출) 하는 것만 가능)

-온라인·모바일(고용24) 신청: 1회차부터 신청 가능

*단, 사업장에서 온라인을 통해 확인서를 제출했을 경우에 한하여 1회차부터 온라인(모바일 앱) 신청 가능하며, 그렇지 않은 경우에는 2회차부터 신청 가능. 확인서는 휴가 개시일 다음날부터 온라인 제출 가능

3) 온라인 신청 방법:

①회사에 서류 제출 요청

-육아휴직급여를 받기 위해서는 육아휴직 신청서 외에 사업주가 발급한 육아휴직 확인서가 필요하므로, 회사에서 고용센터에 '육아휴직 확인서'를 제출해야 합니다. 원활한 진행을 위해, 온라인 신청 시에는 육아휴직급여 신청 전 회사에 미리 육아휴직 확인서 제출을 요청해 두시는 것을 추천 드립니다.

② 사전 확인

-고용보험 가입 기간, 육아휴직 사용기간 등 수급 자격을 확인합니다.

③육아휴직급여 지급

-육아휴직급여는 매월 또는 일괄적으로 신청할 수 있으며, 고용

센터에 방문하지 않고 온라인으로 신청할 수 있습니다. 온라인으로 신청할 때는 사전에 회사에서 '육아휴직 확인서'를 제출하여야 급여 신청이 가능합니다.

[6+6 부모 함께 육아휴직제]

-부모가 같은 자녀에 대해 동시 또는 순차적으로 육아휴직 사용 시 각 부모의 첫 6개월 급여를 상향 지원하는 제도

-24.1.1. 시행한 「고용보험법 시행령」 제95조의3에 따른 6+6 부모육아휴직제

① 부모의 육아휴직 개시 시점에 자녀 연령이 생후 18개월 이내

   일 것,

② 부모가 모두 육아휴직을 사용할 것을 요건으로 합니다.

-단, 부모가 모두 개정법 시행 전에 6개월 이상 육아휴직을 사용한 경우에는 '6+6 부모육아휴직제'가 적용되지 않음

- 육아휴직 도중 자녀 나이가 생후 18개월을 넘기더라도 예정된 육아휴직 기간에 대해서는 '6+6 부모육아휴직제' 적용

-동일 자녀에 대한 부모의 육아휴직 기간이 겹치지 않더라도 적용

<저자 생각>

법적으로는 육아휴직을 쓸 수 있지만 사업장에서 육아휴직기간의 대체자를 구하지 못하는 경우는 어쩔 수 없이 퇴사를 하거나, 육아휴직을 쓰지 못하고 복직을 해야 하는 경우도 있습니다. 임신을 계획 중이라면 입사 시 이런 부분들을 잘 따져보아야 행복한 출산이 되지 않을까 생각합니다.

오늘의 생존 팁
육아휴직과 육아휴직급여는 행복한 출산과 육아를 위한 필수 조건이에요.

조리원보다 더 중요한 곳

.
.
.

　배에서 나와 학교에 다니고 성인이 될 때까지, 엄마
는 집안의 경제적 상황을 나에게 자세히 말하지 않으
셨다. 온 집안에 빨간딱지가 붙은 그날, 그리고 장사
로 모아둔 돈이 죄다 날아간 그날도 엄마는 나에게
티 한번 내지 않았다. 사랑하는 첫딸이 지독한 현실에
발 담그지 않기를 바랐던 걸까. 그래서인지, 힘든 고
시원 생활을 했음에도 나는 온실 속 화초처럼 순진하
고 세상 물정에 밝지는 않았다. 하지만 생애 첫 출산
을 준비하며 냉혹한 현실을 마주하게 되었다.

　2016년 당시에도 괜찮다는 산후조리원의 가격은 2
주에 400만 원이 넘었던 걸로 기억한다. 산후 도우미
생각도 했지만 맞벌이 부부라 정부지원금 수급에 해
당하지 않았다. 또한 처음이자 마지막 출산이 될지도

모르는데 남들이 말하는 조리원 천국을 나도 한번 맛보고 싶었다.

조리원 동기 만들기, 수유를 안 할 때 온전히 쉬는 푹신한 침대, 산후 요가를 하며 보내는 완전한 휴식의 2주…. 조리원 수업이 있는 날은 아이 장난감도 만들고, 몸에 좋다는 산후 보양식을 먹으며 마음껏 쉬고 싶었다.
"산후 마사지 꼭 받아. 그래야 부기랑 살이 잘 빠져. 조리원에서 10kg은 빼고 나와야지 아니면 다 네 몸무게 된다니까."

만년 다이어터로 살아온 한을 풀 듯, 밀린 식욕이 폭발한 나는 임신 후 25kg이 쪄버린 상태였다. 선배 엄마들이 추천하는 산후 마사지는 조리원을 고집하는 첫 번째 이유였다. 또한 조금 무리를 해서라도 제대로 쉬고 싶었다. 열 달간 잘 버틴 나이기에 그 시간을 보상받길 원했다. 아주 간절히.

'여긴 분만 병원이랑 많이 머네?'

'여긴 시설이 좀…. 왠지 믿음이 안 가.'
'시설은 좋은데, 가격이 너무 부담스럽다.'

평이 좋은 조리원 리스트를 뽑은 후 며칠간 고민을 했고, 출산할 병원에 있는 조리원으로 결정을 내렸다. 하지만 제왕절개 후 입원할 병실이 문제였다. 이미 이사와 조리원 비용으로 휘청대던 터라 1인실은 금전적 부담이 있었다. 제왕절개를 권유받았기에 입원 기간도 길어질 게 분명했다.

'1인실로 일주일 쓰면 비용이 꽤 나오겠는데?'
내키진 않았지만 결국 나는 다인실로 마음을 정하고 예약을 마쳤다. 하지만 유도분만 날짜가 다가올수록 걱정이 비집고 들어왔다.
'제왕 후에 많이 아플 텐데 다인실은 힘들지 않을까?'
'친정엄마가 보호자로 계실 텐데 잠자리가 불편하면 어쩌지?'

이런저런 잡생각이 꼬리에 꼬리를 물고 나를 괴롭혔다. 하지만 방법이 없었다. 일주일 정도는 불편함을 감수할 수밖에. 다만 보호자로 계실 친정엄마가 마음에 걸렸다. 불면증이 있는 엄마께 죄송했다. 하지만 지방 출장 중인 남편에게 부탁할 수도 없는 노릇이었다.

그렇게 마음을 비우고 수술 날만 손꼽던 어느 날, 남동생에게서 전화가 왔다.

"출산 준비한다고 힘들지? 돈 좀 부쳤으니까, 병원비에 보태 써."

"정말? 진짜 고마워. 잘 쓸게."

몇 달 전 이사 때에도 떡하니 냉장고를 사준 동생이었다. 결혼 후 가장 가난했던 시절, 쉽지 않은 호의가 그리고 그 마음이 고마웠다.

'누나인 나는 제대로 해준 것도 없는데…'

베푸는 삶을 원했지만, 그렇게 도움을 받으며 원하고 원했던 1인실 예약을 마쳤다. 빠듯한 출산 준비에 서러움이 올라왔지만, 모든 건 미리 금전적 준비를 하지 못한 내 탓이었다. 그리고 마침내 출산 후 입성한 1인실은 생각보다 더 안락했다. 침대도 있고 바닥은 온

돌이라 보호자인 엄마가 계시기에도 불편함이 없었다. 엄마는 아침부터 헤어롤로 머리 손질을 하며 드라마도 보시고 누워 쪽잠도 주무셨다. 화장실도 혼자 쓸 수 있어 엄마와 내가 씻고 볼일을 보기에 부족함이 없었다.

출산 후 밀려오는 통증에 끙끙대며 나는 생각을 했다.
'1인실 안 했으면 진짜 힘들었겠다.'
그리고 돌아 곤히 잠든 엄마의 뒷모습을 물끄러미 바라보았다.

'동생아, 고마워. 덕분에 1인실 플렉스 했어.'

▶ 출산 후 입원 병실

모든 산모가 자연분만을 하면 좋겠지만, 아이의 머리 크기보다 산도가 좁거나, 역아 또는 다태아면 제왕절개를 권유받게 되는데요. 경험상 제왕절개 시 며칠 동안은 움직일 때 통증이 있고 거동이 불편합니다. 그래서 저는 화장실을 혼자 쓸 수 있는 1인실 선택에 매우 만족했습니다. 또한 보호자의 잠자리도 편해야

하는데 그 점에서도 온돌 타입의 1인실 병실은 탁월한 선택이었

다고 생각합니다.

오늘의 생존 팁

보호자를 위해서라도 출산 후 1인 병실을 추천

합니다. 단, 금전적 여유가 있다면요.

출산 후, 집안에만 갇혀 있지 마세요

●
●
●

높디높은 오르막 끝 홀연히 서 있는 낡은 집 하나. 칠이 벗겨진 외벽 주위로 거뭇거뭇한 곰팡이 자국. 세월의 흔적을 고스란히 떠안은 그 집에는 머리가 짧은 라푼젤 아줌마가 살고 있었다. 머리는 짧았지만, 외출을 할 수 없었기에 그녀는 라푼젤이 분명했다. 댕강 자른 단발머리, 듬성듬성 머리숱, 그리고 여전한 붓기. 나갈 수 없는 걸까. 아니면 나가지 않는 걸까.

라푼젤 아줌마는 바로 내 이야기이다. 출산 후 조리원을 나온 나는 친정에서 몇 달간 머물 기로 했다. 구직 전 몸조리를 하며 친정엄마의 육아 도움을 받기로한 것. 지방 출장을 다니는 남편 때문에 내린 어쩔 수 없는 결정이었다.

친정집은 부산이라는 지명에 걸맞게, 산을 깎은 비

탈길에 있었다. 꼭대기에 있는 친정집이 내 종아리 굵기에 일조했음은 부인할 수 없는 사실이다. 골목길은 울퉁불퉁했고 겨우 사람 두어 명이 지나갈 정도로 협소했다. 중간중간 계단이 이어진 가파른 오르막이기도 했다. 때문에 유모차를 끌고 나갈 수도 없었으며 뚜벅이였던 나는 종일 집에 갇히듯 생활했다.

당시 친정엄마는 고맙고 유일한 나의 육아 조력자였다. 그런 엄마가 외출을 하면, 나는 비닐을 뜯지도 못한 새 유모차에 아기를 태웠다. 하루 종일 좁은 거실을 왔다 갔다….
'자. 제발 한숨만 자. 아가.'
그것도 통하지 않은 날에는 아기띠와 한 몸이 되어 온 집안을 서성거렸다.

가장 힘들었던 순간을 꼽으라면 친정엄마가 여행을 가셨던 그해 가을일 것이다. 당시 친정집에 같이 살던 동생의 퇴근도 늦었던 터라 하루 종일 아기와 사투했던 2017년 9월. 잠투정이 심했던 아기는 그날따라 목젖이 보이게 빽빽 울어댔다. 엉덩이를 두드리고 몸을 흔들어봐도 그치지 않는 울음. 출장 중인 남편, 그리고 여행을 가신 엄마…. 진정한 나 홀로 육아에 인내심은 3일 만에 바닥이 났다.

"도대체 언제 잘 거야!"
우는 아기에게 고함을 지른 후, 파도처럼 몰아치는 감정이 주체가 되지 않았다.
"엉엉…."
나는 악을 박박 쓰며 울었다. 아기보다 더 세게, 들으라는 듯 울어댔다. 1년 넘게 묵었던 서러움이 단전부터 올라왔다. 임신에서부터 출산까지, 힘들었던 시간이 눈앞을 스쳐 갔다.

그런데 이제 웬일인가. 내 모습에 일말의 동요라도 있길 바랐는데, 누워 있던 아기는 갑자기 웃음을 터뜨렸다.
"까르르."
나라를 잃은 듯 서럽게 우는 나 그리고 웃겨 넘어가는 3개월 아기.

나는 어이가 없어 흐르던 눈물이 쑥 들어갔다.

'아무리 아기라지만, 날 놀리는 건가?'

말도 안 되는 상상을 하며, 멋쩍은 듯 다시 아기를 안아서 아기띠를 했다. 태어난 지 3개월이 된 아기에게 공감과 위로를 바란 건 아니었지만, 왠지 황당하고 섭섭하다고 해야 할까.

'내 모습이 그렇게 웃겼나?'

'그래도 그렇지. 네가 아무리 아기라지만 어떻게 우는 모습을 보고 웃겨 넘어갈 수가 있냐고?'

그래, 어린 너에게 무얼 기대한 건 아니었지. 말 못 하는 아기와 혼자 일주일을 있다 보니 나도 그리 온전한 정신은 아닌 듯했다. 코에 바람이라도 넣으면 얼마나 좋을까. 이러다 정말 우울증이 오는 건 아닌지, 아기와 나 자신이 걱정되기 시작했다.

"딩동."

때마침 반가운 초인종 소리, 퇴근한 동생이었다. 나는 맨발로 뛰어나가 동생을 맞이했다. 그리고는 아기의 만행을 낱낱이 고자질했다. 거실에서 운동한 후 아기를 재워보겠다는 동생.

"까르르."

팔굽혀펴기 하는 동생을 보더니 다시 아기의 웃음 보따리가 터졌다. 웃겨 넘어가는 아기.

"아니, 이게 그렇게 웃긴 일이야?"

동생이 몸통을 비틀자 더 크게 웃어대기 시작했다. 우리는 아기의 웃음 취향이 독특하다는 결론을 내렸다.

육아에 지쳐 우울증이 손을 내밀었으나, 웃음 코드가 특이한 아기 덕분에 그 손을 거절했는지도 모른다. 해맑은 너의 미소 때문에 오늘도 울다 웃는다. 나만 기억하는 너와 나의 흑역사. 이다음에 한 뼘 더 자란 너에게도 꼭 알려줘야지. 우리에게도 그런 웃지 못할 추억이 있었다는 것을.

▶출산 후 우울증을 예방한 나만의 방법◀

1. 일단 움직이세요. 나가기 힘들면 아기띠를 하고 집 앞이나 옥상이라도 올라가 보자고요.

2. 아이의 100일이 지나면 일주일에 한 번이라도 유축이나 수유를 한 후 운동을 다녀오세요. 강사님께 말씀드리면 몸에 무리가 가는 동작은 미리 알려주시거든요. 저의 경우는 출산과 모유 수유로 요통이 심했는데 벨리댄스를 다녀온 날은 통증이 없었어요. 산후 요가도 추천합니다.

3. 각종 육아 아이템을 최대한 활용하고, 일주일에 한 번은 꼭 나를 위한 시간을 가져 보세요. 모유 수유로 오랜 외출은 불편했지만 30분이라도 나갔다 오니 가슴이 트이는 기분이 들었답니다.

> **오늘의 생존 팁**
> 운동이 우울증 예방과 개선에 좋다는 건 다들 아시죠? 출산 후 아직 운동할 수 없는 시기라면, 집 앞에서 가벼운 산책만 해도 기분이 훨씬 나아진답니다.

2장.

미안한 밤

-당신의 육아는 게을러야 한다-

언니의 한마디

"자주 화내는 엄마보다는
차라리 조금 게으른 엄마가 나아."

세상에서 가장 게으른 책육아

●
●
●

나는 아이에게 늘 미안했다. 마음껏 놀아주지 못해서, 촉감 놀이를 자주 못 해줘서, 교육에 소홀해서, 여행을 자주 못 가서…. 육아의 난이도에 비해 내 체력은 늘 바닥이었다. 고된 하루 일을 마치고 오면 몸이 바닥에 꺼질 듯 나른하고 뻐근했다.

핸드폰 속 세상에는 유능한 엄마들이 차고 넘쳤다. 다양한 놀이와 교육 열정으로 아이와 알콩달콩 놀아주며 수제 간식까지 척척. 게다가 아빠들까지 어찌나 육아에 지극정성인지. 부러웠고 부끄러웠다. 부족한 나 자신에게 그리고 남편에게 화가 나기도 했다.

우린 서로에게 책임을 전가하며 생채기를 냈다. 하지만 뒤늦게 알게 되었다. 닦달이 아닌 남편의 마음을 움직여야 한다는 것. 남편도 소통과 소소한 챙김을 원한다는 사실을. 그리고 무심했던 나 자신을 발견하게 되었다. 남편을 나의 육아 동지로 만들기 위해서는 수많은 노력이 필요했다.

"저녁은 나가서 먹을 거야. 아빠 한 달 동안 일한다고 고생했으니, 오늘은 아빠가 먹고 싶은 걸로 먹자. 알겠지?"
　남편의 입장에서 생각하고, 아이 앞에서 아빠의 자리를 마련해주기 위해 노력했다.

　수많은 육아 책을 읽었지만 내 아이에게는 적용이 되지 않는 경우가 많았다. 특히나 아이가 책과 친해지게 하는 일이 쉽지 않았다. 그건 다른 엄마들에게 물어보아도 마찬가지였다. 아이들마다 타고난 기질이 틀리기에, 수학공식 마냥 대입한다고 기대했던 답을 도출하기는 힘이 들었다. 우리는 육아서대로 했음에도, 긍정적인 효과를 얻지 못했을 때 좌절하고 나 자신을 책망한다. 자기 계발서를 읽는다고 모두가 성공할 수 없듯, 육아서도 마찬가지라는 생각이 들었다.

그래서 말하고 싶다. 내 상황에 맞는 육아면 충분하다고. 사람마다 타고난 에너지와 성향 그리고 처한 환경이 다르다. 또한 저마다 잘하는 것이 따로 있다. 나의 경우는 육아와 집안일에는 젬병이지만 업무적으로는 꼼꼼하다는 평을 듣는다. 기획이나 계획을 하면 누구보다 빠르게 밀어붙인다.

단점을 인정하고 장점을 찾기까지 아주 오랜 시간이 걸렸다. 하지만 단점을 인정하는 순간 지독한 열등감에서 벗어났고, 장점을 알게 되자 그것에 더욱 몰입하게 되었다. 완벽한 황새 엄마들을 따라 하다간 나뿐 아니라 아이의 행복까지 빼앗길지도 모른다.

최근에는 게으른 내가 아이를 위해 다짐한 것이 두 가지가 있다. 첫 번째는, 어른이 먼저 핸드폰 사용을 줄이는 것이다. 만약 사용하더라도 누워서 너무 퍼져서 보지는 않으려고 노력한다. 최대한 핸드폰에 빠져 있는 모습을 보여주지 않기 위함이다.

두 번째는 더 간단하다. 그저 책을 내 몸 가까이 두는 것이다. 책을 보지 않더라도 늘 들고 다니기 위해 노력한다. 마치 패션 소품처럼. 처음엔 책을 많이 읽지 못함에 자괴감을 느꼈지만, 책을 들고 다니니 출퇴근길에 한 줄이라도 읽게 되었다.

그래서일까, 아이는 엄마가 공부를 좋아한다고 믿는다. 또한 종종 빌려온 책을 읽지 않고 반납할 때가 많지만 나무라거나 책망하지는 않는다. 아이에게 도서관은 책을 고르고 빌리는 게 재미있는 공간이기 때문이다. 뭐든 어떤가, 욕심 없는 엄마는 아이가 제 발로 학교 도서관에 간다는 그 자체에 의미를 두기로 했다. 잠자리 독서나 도서관 나들이에 소홀했음에도 그리 책을 싫어하지 않는다는 사실에 그저 감사할 따름이다.

저서 「달팽이 책육아」의 김윤희 작가님도 말씀하신다. "학교, 도서관, 집... 책을 읽는 시간과 장소는 중요하지 않아요. 하루에 한 권은 매일 본다면, 책 육아는 성공입니다. 그러니 아무 걱정 말아요."

그렇다고 우리 아이가 문해력이 좋은 건 절대 아니다. 여전히 지문을 대충 읽어서 수학 단원평가를 하면 늘 몇 개는 틀려오곤 한다. 학습지를 풀 때도 어려운 건 다 모르겠다며 자주 엄마를 부른다. 그럴 때마다 한숨이 나오지만 차근차근 지문을 읽으며 함께 답을 찾는다. 단지 부족한 엄마의 육아에 비해, 책에 대한 거부감은 없다는 것이다. 다독을 하는 것은 아니지만, 그저 책에 대한 부정적 감정이 없다는 사실에 아직 희망을 걸고 있다.

'책을 너무 적게 읽는 거 아닐까? 다른 아이들은 매일 책 읽어달라고 조른다던데.'
공공도서관에서 고사리손으로 책장을 넘기는 아이들을 볼 때 부러울 때도 있다. 하지만 나는 내 생활 태도를 아이에게 물려주려고 한다. 엄마가 꿈에 어떻게 다가가는지 보여주고 싶다. 그렇게 조금 힘을 빼고 가기로 했다.

게으른 책육아를 정당화하기 위함이 아니다. 책 읽기는 부담과 강요가 되어서는 안 된다. 책이 친구가 되고 스승이 되며, 책에서 깨달음을 얻는 그 기쁨을 아이가 알게 되었으면 좋겠다. 지금의 나처럼 말이다. 비교와 경쟁을 부추기고 자신을 증명해야 하는 시대에, 책이라는 존재가 얼마나 든든한지 내 아이에게 알려주고 싶다.

그저 책과 친한 엄마의 모습을 보여주는 것, 늘 몸에 끼고 있는 것. 오늘부터 당신의 게으른 책육아를 시작해 보면 어떨까.

▶위킹맘의 수불석권(手不釋卷)◀

「거인의 노트」 저자인 김익한 교수님은 어딜 가든 책을 한 권씩 들고 다니라고 강조하십니다. 줄긋기용 샤프를 꽂아 가슴에 품고 다니라고 말이지요. 승강기를 기다리며, 지하철 안에서 조금씩 읽으면 한 권을 읽는 게 어렵지 않다고 말입니다. 사실 처음에는 그 말에 동의하기 힘들었습니다.
'그래봤자 얼마나 읽겠어?'

하지만 최근 책을 품고 다니며 알게 되었습니다. 틈새 시간의 힘을. 게다가 책을 가까이 하는 내 모습에 취한다고 해야 할까요. 자꾸 책을 펴고 싶고 책에 애정이 생기는 이상한 경험을 하게 되었습니다. 인생을 열심히 사는 기분이 들기도 하구요. 가끔은 다시 학생이 된 것 같습니다. 나는 그렇게 오늘도 조금씩 읽어갑니다. 하루를 채워갑니다. 여러분에게도 책을 가슴에 품고 다니라고 권유하고 싶네요. 책을 향한 식었던 애정이 솔솔 올라올 거라고 확신합니다.

오늘의 생존 팁
아이가 책과 조금이라도 친해졌다면, 그것만으로 게으른 책육아는 성공이에요. 조급함과 강요 대신 희망을 가지고 조금씩 노력해 봐요, 우리.

당0거래, 고된 육아의 한 줄기 빛

●
●
●

남녀노소 애용하는 당0마켓. 이용해 본 사람은 알 것이다. 저렴한 가격과 직거래의 편리함에, 한번 맛 들이면 그 매력에 풍덩 빠진다는 사실을. 임신 후 오천 원짜리 젖병소독기를 시작으로 나는 중고 거래에 처음 눈을 뜨게 되었다. 지갑이 가볍던 시절, 중고거래는 텅 빈 통장을 위로하고, 힘든 육아를 지원해 주었다.

'역시 육아는 아이템 빨이야.'

아기 체육관, 국민 문짝, 쏘서, 바운서 등…. 육아에 찌든 엄마에게 숨 돌릴 시간을 만들어주는 고마운 친구들. 그 덕분에 엄마들은 밥을 씹어 삼킬 수도, 화장실에서 볼일을 볼 수도 있다. 한때 아기띠를 한 채로 볼일을 보기도 했지만 이 친구들을 만나며 엄청난 해방감을 맛보게 되었다.

장난감에 대한 아기의 관심은 5~10분이면 바닥이 난다는 게 정설. 하지만 3~4개의 육아 아이템을 하나씩 돌린다면? 적어도 20~30분의 휴식 시간이 엄마에게 주어지게 된다. 그 시간 덕분에 간단한 설거지도 하고, 믹스커피 한 잔을 마시며 숨을 고를 수도 있다. 미뤄둔 인터넷 쇼핑까지 가능하니 누구보다 든든한 육아 조력자임은 틀림이 없다.

하지만 구매비용도 만만치 않은 게 사실. 십만 원을 웃도는 가격은, 분명 없는 살림에 부담이 되는 금액이었다. 사용기간도 길지 않으니, 굳이 비싼 가격의 새 상품을 사야 할 필요가 있을까. 중고로 사서 잘 닦아 쓰고, 고이 모셨다 나도 싼 가격에 되팔고. 이 모든 과정이 경제적이고 합리적이라고 생각했다.

'와, 이거 거의 새 상품이잖아?'
일명 득템 후 돌아오는 날에는 알뜰한 주부, 혹은 지구지킴이가 된 것 같았다. 때로는 뿌듯함에 어깨가 잔뜩 올라가기도 했다. 물론 이를 위해서는 검색의 부지런함과 재빠른 손놀림이 동반되어야 한다. 뚜벅이였던 나는, 중고 직거래를 할 때도 지하철과 버스를 이용할 수밖에 없었다. 튼튼한 두 다리만 있다면, 서울 어디도 찾아갈 열정이 있었다. 약간의 창피함만 감수한다면.

국민 문짝을 거래한 그날도 그랬다. 새벽부터 울리는 알림 소리.

"당0."

새 상품 등록 알림. 놓칠 수 없었다. 가격과 사진을 스캔한 후 다급하게 메시지를 보낸다.

"제가 구매할게요."

사용감은 있다지만 변색이 없었고, 소리작동도 정상이라고 했다. 게다가 1만 원이라는 저렴한 가격. 오늘도 득템하는구나.

퇴근 후 군자역에 내린 나는, 판매자가 알려준 장소로 걸음을 옮겼다. 걷고 또 걷고. 그리고 마침내 마주한 거대한 문짝 장난감.

"와, 생각보다 꽤 크네요?"

"맞아요. 부피가 좀 있어요. 운전해서 오신 거죠?"

당연한 듯 판매자가 물었다.

"아니요. 지하철 타고 왔어요."

"어머, 들고 가실 수 있겠어요?"

"아유 문제없어요. 거의 새 상품이네요. 감사히 잘 쓸게요."

걱정스러운 듯 바라보는 판매자를 뒤로하고 당당히 문짝을 들고 지하철로 향했다. 최대한 초라해 보이지 않게. 무겁지만 무겁지 않은 척. 그 후 육아용품을 다시 팔며 알게 되었다. 중고 물품을 거래할 때, 대부분은 운전을 해서 온다는 사실을.

무게보다 나를 더 힘들게 한 건 온통 나에게 집중되는 시선이었다. 유명인 마냥 주목을 끄는 거대한 육아용품. 하지만 싸게 잘 샀다는 기쁨 그리고 좋아할 아이의 모습에 창피함 따위는 문제가 되지 않았다. 그런데 발걸음은 왜 점점 빨라지는 걸까.

나를 기다린 건지 장난감을 기다린 건지, 현관문을 열자마자 달려오는 아이. 이리저리 버튼을 누르며 신난 모습에, 문짝 크기만큼 부끄러웠던 이전의 기억들은 점점 옅어지고 있었다.

임신하면 차부터 사라는 지인의 충고가 떠올랐다. 우리 부부는 둘 다 장롱면허라 여러모로 기동력이 떨어졌다. 조언을 흘려들은 자신을 원망했지만 지금 당장 급하게 차를 구매할 형편도, 운전 실력을 늘릴 수도 없는 노릇이었다.

'운전은 미루었지만 당0은 포기할 수 없어.'
그래서 나는 여전히 지하철을 타고 중고거래를 한다. 약간의 부끄러움은 보는 사람의 몫이다.

요즘도 아이는 종종 물어보곤 한다.
"엄마, 또 당0마켓에 쇼핑하러 갈 거야?"

▶ 뚜벅이의 중고 거래 꿀팁
-최대한 집과 가까운 곳에 사는 판매자와 직거래합니다.
-판매자에게 사정을 이야기하고, 대중교통을 이용하기 편한 곳에서 직거래를 제안합니다.

-만약 직거래가 힘들다면 택배 거래가 가능하며 안전히 카드 결제할 수 있는 중고 물품 사이트를 이용합니다.

(쇼핑몰과 같은 판매구조로 구매자가 물건을 받으면 결제금액이 판매자에게 넘어감)

-디럭스 유모차의 짐칸을 최대한 활용합니다. (생각보다 부피가 큰 중고 물품도 실을 수 있음)

-부피가 너무 크다면 운전을 할 수 있는 지인이나 가족에게 차량 지원을 부탁합니다.

▶ 편리한 당아거래를 위한 노하우

1.키워드 알림을 설정합니다.

: 그래야 새로운 물건이 등록되었을 때 누구보다 빨리 메시지를 보낼 수 있습니다.

2.직접 찍은 사진이 있는 물건으로 선택합니다.

: 직접 찍은 사진이 없다면, 실제 물건이 존재하지 않을 가능성도 있습니다.

3.과거 거래 기록 보기

: 판매자의 과거 기록을 살펴봅니다. 기록이 하나도 없다면 신중하게 거래해야 합니다.

4. 시세에 비해 턱 없이 낮은 가격이나 다른 톡방으로 유도 시

사기 거래를 의심해 보아야 합니다.

5. 소리와 작동이 정상적인지 미리 묻고, 거래 시에도 확인합니다.

6. 거래하려는 물품이 내 차에 실을 수 있는 크기인지 미리 확인해야 합니다.

▶당신의 숨통을 틔워줄 육아템◀

-신생아: 바운서(고정 벨트 있는 것), 자동으로 돌아가는 모빌, 물고 빨 수 있는 천 장난감, 아기 체육관, 짱구베게, 역류 방지 쿠션, 온도 유지 전기포트, 분유 자동 제조기, 스와들업, 슬링아기띠

-6개월 이후: 쏘서, 점퍼루, 보행기(층간소음 덜한 제품으로), 에어 테이블, 외출용 스틱분유, 분유 소분통, 힙시트(집에서 잠시 안을 때), 올인원 아기띠, 여름용 망사 포대기, 이유식 의자, 사운드북

-혼자 앉기 시작할 때: 국민 문짝, 베이비룸, 모서리가 둥근 블록, 나무 미로 장난감, 샴푸 모자

오늘의 생존 팁
야무진 육아용품 중고거래로 가계도 지키고 지구도 지켜요.

엄마에게 운전은 필수일까?

나는 어릴 때부터 늘 달리기가 꼴등이었다. 운동회에 오신 엄마는 종종 핀잔을 하셨다.

"어떻게 달리기가 매번 꼴등이냐."

운동을 잘했던 동생은 늘 손등에 1등 도장을 받아서 왔다. 그렇게 운동신경이 없는 내가 운전을 하겠다고 결심한 건 순전히 살기 위해서였다. 타지 생활로 우울증을 얻은 친정엄마가 부산으로 내려가셨기 때문. 당장 닥친 아이의 등원 문제에 나는 마음이 조급해지기 시작했다. 우리 부부는 둘 다 일찍 출근을 하기 때문에 어린이집 차량을 이용하기에는 시간이 맞지 않았다. 8시가 넘어 오는 차를 태울 수 없어 출근길에 아이를 맡겨야 했다.

그렇다고 아주 이른 시간에 등원이 가능한 어린이 집도 아니었다. 운전을 해서 8시에 아이를 맡기고 바로 직장으로 가야 겨우 출근 시간을 맞출 수 있었다. 내가 운전을 해야 아이 등원이 가능한 상황인 것. 또한 뚜벅이로 중고 거래를 하는 불편함도 운전에 도전하는 이유 중 하나였다. 차가 없었던 나는 엄마 차를 잠시 빌려 자차 연수를 20시간 신청했다.

"아니, 그게 아니고요. 여기서 이렇게 트셔야죠."
답답해하는 강사님의 한숨 소리 그리고 더 갑갑해지는 내 마음. 나는 비상금을 털어 또 스무 시간을 추가로 신청했다. 그렇게 운전 연수에 돈과 시간을 투자했지만 나의 실력은 늘 제자리였다.
"이러다 저한테 전 재산 다 바치겠어요."
절망적이었다.

내려가신 엄마의 우울증이 회복된 후, 우리는 부산으로 거처를 옮겼다. 이사 후에도 나는 틈틈이 엄마 차를 빌려 운전 연습을 했다. 주차된 기둥과 차를 긁어 먹어 가슴 철렁한 순간도 있었고, 운전대 잡기가 너무 싫어 외출을 고민한 적도 많았다. 주차는 왜 이리 늘지 않는지…. 운전을 하며 알게 되었다. 내가 공간 감각이 없다는 것, 그리고 나의 높은 불안도 때문에 운전이 쉽지 않고 괴롭기만 하다는 것.

몇 년 전 경주에 있는 동생 자취집에 가는 날이었다. 3차선에 붙어 천천히 가고 있는데 앞 차에서 시커먼 무언가가 굴러떨어져 나왔고 나는 핸들을 붙잡은 채 그대로 얼어붙었다.

'피할까? 2차선에 차가 있으면? 그런데 저건 뭐지?'
어어어 하다, 순간 만화 같은 생각이 떠올랐다. 저 물체를 넘을 수 있을 것 같다는 말도 안 되는 판단. 불행히도 차는 그것을 넘지 못하고 질질 끌고 가서 갓길에 정차했다. 차를 세운 후 알게 되었다. 그 까만 물체의 정체를.
'아니, 타이어가 어떻게 차에서 떨어질 수 있지?'

앞 차의 주인이 내 앞에 황급히 정차했고 죄송하다며 헐레벌떡 뛰어왔다. 그것의 정체는 차 뒤에 달린

스페어타이어였다. 차에는 이상이 없어 보였지만 혹시 모르니 바퀴 점검을 받아야 하지 않겠냐는 의견에, 결국 전화기를 들었다.

유난히 쨍하고 날씨가 좋던 주말, 씁쓸함을 안고 견인차에 끌려가는데 철없는 아이는 승차감이 좋았나 보다.
"와, 기사님 운전 진짜 잘하신다."

그리고 나는 그날로 운전을 멈추었다. 다음 때를 기약하면서. 정말 운전이 간절해지면, 다시 운전대를 잡을 수 있을까. 그때가 온다면 연수 100시간을 채운 후 운전을 시작할지도 모르겠다. 좀 더 젊고 겁이 없을 때 시작했다면, 지금쯤 베스트 드라이버가 되어 어디든 갈 텐데. 아쉬움에 미련이 더해졌다. 만약 당신도 아직 뚜벅이라면, 가까운 마트부터 도전해 보길 추천드린다.

비록 아직은 겁 많은 뚜벅이지만, 언젠가는 내 차를 몰고 근사한 카페에 브런치를 먹으러 갈 그날을 꿈꾸어본다. 잠시 멈춘 거지 포기한 건 아니니까.

▶ 아직 운전이 무서운 뚜벅이 육아맘이 살아남는 비법

1. 남편이 먼저 운전을 시작할 수 있게 돕기

(차도 없고, 남편조차 장롱면허인 경우)

① 차 구매부터 현실적으로 접근하기

목돈을 모으거나, 다른 소비를 줄이는 것부터 시작합니다. 워킹맘이라면 급여를 높일 수 있는 방법을 함께 고민해 보는 것도 필요합니다.

② 남편의 운전 독려하기

나보다 운동신경이 좋은 남편이 먼저 운전을 시작할 수 있도록 운전 연수를 결제해 줍니다. 가족의 이동권을 확보하는 일은 투자에 가깝습니다.

2. 운전을 잘하는 지인들을 곁에 두기

제 주변에는 운전을 잘하는 친구와 지인들이 많습니다. 부럽기도 하고, 때로는 존경심이 듭니다.

'어쩜 저렇게 큰 차를 척척 몰고 다닐까.'

종종 차를 얻어 타면 미안하기도, 고맙기도 합니다.

'언젠가 나도 운전을 잘하게 되면 꼭 갚아야지.'

그렇게 마음속에 작은 빚을 하나씩 쌓아둡니다.

3. 대중교통을 최대한 활용하기

아이와 주말에 갈 곳을 검색할 때 가장 먼저 확인하는 것이 지하철역과의 거리입니다. 도서관도, 전시회도 가능하면 역이나 버스정류장에서 가까운 곳을 선택합니다.

4. 아주 조금씩 운전을 연습하기

하루아침에 달라지지는 않습니다. 그래도 운전을 지도해 줄 사람을 태우고 가까운 마트라도 다녀봅니다. 주변을 보면 자차로 출퇴근을 시작한 사람들이 운전 실력이 가장 빨리 늘더군요.

아주 단순한 코스라도 매일 반복하다 보면 기본적인 감각은 결국 몸에 남지 않을까 생각합니다.

오늘의 생존 팁

운전을 할 수 있으면 아이와 갈 수 있는 곳이 더 많아져요. 하지만 뚜벅이로도 버틸 수는 있어요.

내가 외동을 선택한 이유

●
●
●

"엄마, 나 동생 낳아주면 안 돼?."

동생 말고 강아지를 키우고 싶다던 아이가, 갑자기 동생 타령을 하기 시작했다. 난감했다. 사실 나 또한 과거에는 둘째 고민을 잠시 했었던 건 사실이다. 하지만 우리 부부의 육아 역량을 잘 알기에 일찌감치 마음을 접었다. 경제적인 상황 또한 무시할 수 없었다. 지금도 교육비가 늘면서 생활비를 잡아먹고 있는데, 우리의 월급은 늘 제자리걸음이니까.

다른 집 형제자매의 사이좋은 모습을 보면 아이에게 미안한 마음이 들기도 한다. 때로는 함께 놀 친구가 없다고 칭얼댈 때 짠하고 안쓰럽기도 하다. 하지만 이성적 판단을 해야 했다. 지금도 못 해주는 것들이 많아 마음이 불편한데 거기에 더 보탤 수는 없지 않은가. 삶이 더 빠듯해지는 것도 싫었다. 아이의 형제도 중요하지만, 나의 삶도 중요했다. 둘째를 낳아서 얻는 안정감과 행복도 있겠지만, 내가 하고 싶은 것 그리고 해야 할 것들이 너무도 많았다.

동생 부부를 보면 늘 반성이 되었다. 어쩜 저렇게 아이들에게 잘할 수 있을까. 조곤조곤 이야기하며 놀아주는 모습, 두 부부가 서로를 존중하고 아끼는 모습이 참 보기가 좋았다. 사실 처음에는 괜한 열등감을 느꼈던 것도 사실이다. 거기에 비해 부족한 내 육아에 화가 났다.

손끝이 무딘 내 자신이 싫었다. 야무진 사람이 되고 싶었다. 하지만 시간이 지나고 알게 되었다. 나는 다른 일에서 더 빛나는 사람이구나. 부족한 육아는 나만의 사랑으로 채우면 되지 않을까. 다정한 눈 맞춤과 스킨십 그리고 엄마가 너를 얼마나 사랑하는지 늘 말해주기로 했다.

내 주변에는 형제, 자매, 남매를 둔 엄마들이 많다.

그리고 그들은 말한다.

"둘째 안 낳았으면 어쩔뻔했나 싶어. 둘이 노는 거 보고 있으면 입꼬리가 저절로 올라간다니까."

하지만 내 주변 외동맘들도 말한다.

"지금이 딱 좋은 것 같아. 세 명이서 알콩달콩, 자유롭게 여행도 다니거든. 혼자라서 풍족하게 키운 것 같기도 하고."

외동과 둘째 사이에서 고민 중이라면, 일단 부부의 육아 역량을 점검해 보기를 바란다. 내 주변의 행복한 둘째 맘들은 대부분 남편과 아내의 육아 공조가 잘 되었다. 부부 사이 대화도 많았고 두 명 모두 아이 육아에 적극적이었다. 경제적 상황 또한 어느 한 명이 일을 쉬게 되더라도 재정에 무리가 가지 않았다.

우리 부부도 아직 선택에 대한 후회는 없다. 현재 상황에서 최선의 선택을 했기 때문이다. 물론 시간이 지나면, 아이에게 의지할 형제가 없음에 미안할지도 모른다. 하지만 그만큼 단단하게 키우면 된다. 내면이 튼튼하고 독립적인 아이로.

아들은 이제 초등학교 3학년이 된다. 20년 육아의 절반 정도를 지나며 깨달은 것이 딱 한 가지 있다. 육아에 정해진 답은 없다는 것. 모든 건 나의 상황에 따라 선택을 하면 된다. 우리 부부는 금전적 체력적으로 부족함이 있었고, 육아에 대한 역량 또한 높지 않아 외동을 택했다. 부족한 우리라서 아이 한 명이라도 행복하게 키우고 싶었다. 그게 나와 남편이 외동을 선택한 이유이다.

▶ 외동아이라면 이런 부분을 챙겨주세요

1) 베푸는 것에 익숙하지 않을 수 있어요.

-사회성은 가정에서 훈육으로도 어느 정도 키울 수 있다고 생각합니다. 늘 아이 위주로 생활했던 저희 가정이지만, 요즘은 나들이 장소나 외식 메뉴의 선택권을 아이에게만 주지 않으려고 노력합니다. 양보하는 법을 가르쳐야겠다는 생각이 들었거든요.

2) 늘 놀아달라고 해요. 친구 사귀는 일에는 서툴러요.

-친구들이 많은 환경(학원, 아파트 놀이터 등)에 노출시켜 보세

요. 한 발 떨어져 지켜보되, 친구를 사귀는 것 그리고 친구와의 갈등은 최대한 개입하지 말고 아이에게 스스로 해결하는 경험을 허락해 주세요.

-아이가 6세 이상이라면 혼자 놀거리들을 제공해 보는 건 어떨까요. (레고, 종이접기, 각종 만들기 등)

오늘의 생존 팁
외동이라서 아쉬운 부분도, 외동이라서 더 줄 수 있는 부분도 분명 있습니다. 어떤 결론이든 부부의 육아 역량과 경제적 상황을 잘 고려해서 결정하면 후회는 없으리라 생각합니다.

주말엔 집콕 육아

'아... 이대로 계속 누워있고 싶다.'

주 6일 근무를 하는 나에게 일요일은 마른 사막의 샘물 같은 존재이다. 유일하게 아침부터 쉴 수 있는 날. 하지만 주말도 아이를 챙겨야 하므로 온전한 휴식은 어려운 것도 사실이다. 오늘 하루는 쉬고 싶어도 아이가 심심하다고 하면 어디든 나가야 한다.

이 책의 초고를 쓸 당시에도 그랬다. 글은 써야 하는데 늘 시간은 부족했다. 퇴근 후 저녁 식사를 마치고 나면 온몸이 엿가락마냥 늘어지는 것 같았다. 마치 바람이 빠진 풍선처럼. 직장에서 팽팽하게 줄을 당기고 있다 현관문을 들어서는 순간 그 줄을 놓아버렸다. 그나마 글을 많이 쓸 수 있고 밀린 일들을 할 수 있는 시간이 일요일인데, 조금 억울했다. 나 자신을 돌아보고,

한숨도 돌리며 미루어 둔 숙제를 할 시간이 절실했다.

주변의 가족들을 보니 주말에는 다들 집 밖에 있었다. 아이들과 체험이나 전시회 또는 여행을 다니는 사람들이 많았다. 뭐든 형편에 맞게 하자는 생각이지만, 사실 아이에게 늘 미안하다. 여윳돈이 있어 자주 여행을 다니는 것도 아니고, 그렇다고 매 주말 아이 손을 잡고 체험 활동을 가지도 않는다. 그럴 체력도 시간도 없기 때문이다. 6일 동안 일하고 글을 쓴 내 몸에 대한 회복의 시간이 필요했다.

한때는 나도 주말이 되면 아이를 데리고 어디든 갈 곳을 찾았다. 심심하다는 아이를 위해 전시회가 아니면 키즈 카페라도 갔다. 하지만 그렇게 매주 일요일 낮부터 외출을 하니, 저녁에는 지쳐 아무것도 할 수 없었다. 그렇게 나의 일요일이 흘러간다는 사실에 힘이 빠졌다. 또한 나갈 때마다 불필요한 소비를 하게 되었다. 나가면 다 돈이라는 어른들의 말씀이 틀린 게 하나도 없었다.

그래서 요즘은 아이와 타협을 한다. 색종이와 레고 조립을 좋아하는 아이와 최대한 집에서 버티다, 심심하다고 할 때쯤 오후 늦게 외출을 한다. 그때도 나가지 않으면 유튜브만 종일 보게 될 확률이 높기 때문이다. 대신 집 근처 공원이나 운동장, 동네 도서관이나 서점 등 가까운 곳으로 간다. 주말에 꼭 가보고 싶은 곳이 있다면, 해야 할 일을 평일에 최대한 끝내 놓는다. 하루이틀 날을 잡아, 자정까지 글을 쓰기도 한다. 한번 손에 잡으면 끝내야 하는 집요함이 글을 완성하는데 도움이 되는 순간이다.

만약 근무시간이 짧거나 주5일제의 직장에 다니게 된다면, 그때는 나의 주말을 온전히 아이에게 투자할 수 있을까. 다들 아이의 시간적 여유가 있는 이 시기에 많은 곳을 다니라고 조언한다. 하지만 나는 아이와 집에서 뒹굴거리는 이 시간도 그리 나쁘지는 않다.

나가면 일정에 쫓겨 화를 내다 돌아오겠지만, 집에서 우리는 많은 교감을 하기 때문이다. 꼭 어디를 가야만 아이에게 행복한 기억으로 남는 건 아니니까. 부모와 좋은 감정으로 함께 하는 그 시간이 중요한 게 아닐까. 따스한 햇살에 눈을 떠서 꼬옥 안고 있는 여유로운 아침, 온 가족이 함께 먹는 아침 식사, 손수 챙겨주는 아이 간식 그리고 밀린 이야기들도 다 주말에 할 수 있다.

물론 여행을 통해 다양한 나라의 문화를 경험하며 외국어 공부의 동기를 찾기도 한다. 각종 체험 활동에 참여하며 아이의 꿈을 발견할지도 모른다. 여건이 된다면 매주 캠핑을 가고, 더 넓은 세상을 보여주는 것이 가장 좋을 것이다.

하지만 금전적·시간적 여유가 허락하지 않는다면, 미리 주말 외출 계획을 세워보길 권한다. 반드시 매주 무언가를 해야 하는 것은 아니다. 꼭 아이와 가고 싶은 곳이 있다면 한 달에 한 번이면 충분하다. 할 일은 평일에 미리 마쳐두고, 토요일 저녁에는 체력을 보충한 뒤 일요일 하루만 아이에게 온전히 써보는 건 어떨까.

한 달에 한 번이면 어떤가. 알찬 전시와 체험을

200% 담아오면 된다. 나머지 시간은 집에서 아이와 뒹굴 육아를 해보자. 물론 아이가 어려 집에서도 계속 놀아줘야 한다면 집콕 육아의 난이도가 조금 더 올라갈 수 있다. 나의 경우도 아이가 외동이라 초등학교 입학 전까지 늘 놀아줘야 했다. 하지만 이 부분도 남편과 교대로 놀아주는 시간을 정해서 휴식 시간을 확보할 수 있다.

나처럼 할 일이 많은 엄마라면 동네의 작은 키즈카페도 추천한다. 공간이 작기 때문에 아이가 노는 걸 보면서 해야 할 일들을 처리할 수 있다. 나도 아이가 지금보다 어릴 때는 종종 키즈카페에 가서 글을 쓰곤 했다. 책과 노트북을 챙겨가서, 커피를 마시며 나만의 시간을 가졌다. 땅거미가 질 무렵 미션을 완수하고 아이 손을 잡고 돌아오는 그 시간이 참 좋았다. 공부 시간을 채우고 독서실을 나오는 수험생 마냥 하루가 가득 찬 기분이었다.

우리 이제 그만 죄책감에서 벗어나, 게으른 주말 육아를 하자. 시간과 돈이 풍족하다면 그에 맞게, 아니라면 내 상황에 맞게 해도 충분하다. 매주 즉흥적으로 나가지 말고 올 한 해는 미리 주말 외출 기획을 해보자. 한 달에 한 번 아니면 두 번 어디를 갈지, 예상 지출 비용은 얼마인지 미리미리 계획을 짜 보는 건 어떨까.

▶ 게으른 엄마가 추천하는 집콕 놀이 베스트

1) 보드게임

2) 추억의 놀이: 손놀이(쌀보리, 감자에 싹이 나서, 쌔쌔쌔, 푸른 하늘 은하수, 신데렐라), 여우야 여우야, 딱지치기(두꺼운 매트 필요), 동대문을 열어라

3) 과학 교구, 각종 만들기 세트(머리핀, 팔찌, 키링 등)

4) 퍼즐 맞추기

5) 몸으로 놀아주는 놀이(아빠와 함께할 수 있는 신체놀이 관련 도서를 참고하셔도 좋습니다)

6) 변신 로봇: 남아들이 특히 좋아함

7) 끝말잇기 놀이

> **오늘의 생존 팁**
> 아이는 장소보다 부모와 함께하는 그 시간과 대화를 더 기억할 거예요.

육아를 누워서 할 수는 없나요?

．
．
．

나는 살아가며 늘 세상의 논리에 물음을 던졌다.

'눕방은 있는데 눕육아는 안 되는 걸까?'

철없는 생각일 수도 있지만 종종 궁금할 때가 있었다. 그리고 같이 일했던 동료에게서 그 답을 찾았다. 당시 나의 직장은 새벽에 출근을 하고, 일의 강도가 엄청났던 곳이라 퇴근할 때가 되면 두 다리에 힘이 풀리곤 했다. 그런데 그 동료는 집도 나보다 멀었고, 아이도 둘인데 도대체 무슨 체력으로 육아를 하는 지 궁금했다.

"학습지는 혼자 시키고 틀린 것만 봐줘요. 그 사이 저는 누워있어요."

순간 안도감이 들었다. 나만 눕고 싶은 게 아니구나. 집에만 가면 눕고 싶은 게 비정상이 아니었어.

시간이 지나면서 아이는 점점 혼자 할 수 있는 것들이 많아지게 된다. 어느새 열 살을 바라보는 아이는 샴푸 모자를 쓰고 혼자 샤워를 한다. 마지막에 잘 씻었는지 확인만 해주면 스스로 타월로 몸을 닦은 후 로션을 바르고 나온다. 처음에는 학습지도 옆에 붙어 하나하나 같이 풀어야 했다. 하지만 이제는 혼자 할 수 있는 과목들이 생겼다. 요즘은 아이가 공부를 하는 사이 나는 누워서 책을 보거나 잠시 쪽잠을 잔다.

사실 아이가 더 어릴 때는 엄마가 누워서 쉴 수 있는 시간이 매우 제한적이다. 하지만 누워서 할 수 있는 놀이도 있다. 아이를 배에 앉히고 까꿍 놀이를 한다든지, 뒹굴뒹굴 침대에서 눈 맞춤을 할 수도 있다. 내가 마주 보고 웃으면 아이는 사랑스러운 표정으로 응답한다. 보행기를 탈 때는 식탁이나 바닥에 앉아서 발로 보행기를 밀고 당기며 복근 운동을 할 수도 있다. 아이랑 눈도 맞추고, 놀아주면서 운동도 할 수 있으니 운동 육아라고 불러야 할까.

내 주변의 워킹맘들은 대부분 저녁 6~7시에 퇴근을 한다. 보통 반찬을 사 먹거나 부모님 댁에서 받아먹는

다. 여유가 있는 집은 도우미 이모님을 일주일에 두어 번 모신다. 사실 나는 지금도 친정엄마께 많은 도움을 받고 있다.

아침에 아이 등교 준비부터 저녁식사 준비까지 친정엄마가 도와주신다. 덕분에 주 6일 풀타임 근무에 토요일은 성당일로 바쁜 내가 이렇게 책을 쓸 수 있게 되었다. 물론 남들이 들으면 코웃음을 칠 수도 있다. 애도 하나이고 육아 도움도 받으면서 게으른 육아를 주장하냐며, 배부른 소리를 한다고 말이다.

하지만 불안과 걱정이 많고 예민한 성격 탓에 직장에서 모든 에너지를 소진하고 오는 게 사실이며 육아 도움을 받아도 분명 힘든 부분이 있다. 퇴근 후 엄마로서 내가 챙겨야 할 부분이 따로 있고, 가계에 보탬이 되기 위해 자는 시간을 쪼개어 글도 쓰고 콘텐츠도 만들어야 한다. 글을 쓰는 사람이라 강의 듣기와 독서도 게을리할 수 없다. 힘들고 힘들지 않음의 기준은 없다. 또한 워킹맘, 전업맘 각자의 바쁨과 고충이 있다. 본인이 아니면 알 수가 없기에 제 3자가 판단할 수 없다.

나 또한 집에 와서 친정엄마가 해 주신 밥을 먹고 아이를 챙기다 보면 어느새 9시, 그때부터 엄청난 피로감이 밀려온다. 하루가 미세한 틈도 없이 톱니바퀴처럼 돌아간다. 그 사이에 나를 위한 시간이 없다는 사실이 늘 아쉬웠다. 하지만 요즘은 잠시 누워서 체력을 보충한 덕분에, 아이가 잠들고 나면 나만의 시간을 가질 수 있다. 주말에는 마음껏 드라마를 보고, 평일에는 밀린 글을 쓴다. 어떤 날은 아무것도 안 하고 그냥 누워있기도 한다. 때론 읽고 싶어 쌓아두었던 책을 읽을 때도 있다.

무엇이 되었든, 미루었던 일들을 함으로써 지독한 무기력에서 벗어날 수 있었다. 그 일이 오로지 나만을 위한 일이라 더 좋았다. 사실 하루 중에 나를 위한 시간이 단 한 시간도 없다는 게 조금 억울하기도 했다.

엄마도 사람이다. 적어도 빠르게 돌아가는 하루의 어느 한 틈은 나에게 내어주자. 그렇지 않으면 종일 돌다 지친 바퀴가 어느 순간 빠져버릴지도 모를 일이다.

▶ 육아의 난이도를 낮추기 위한 제안

1. 아이가 혼자 공부할 수 있도록 조금씩 시도해 보기

: 처음부터 완벽할 필요는 없습니다. 짧은 시간이라도 혼자 앉아
보는 경험을 쌓는 것이 중요합니다.

2. 남편의 육아 공조를 끌어내기

: 소통과 대화를 늘리고, 가끔은 둘만의 데이트 시간을 가져보세
요. 부부의 관계가 회복되면 육아의 무게도 나뉘게 됩니다.

3. 아이의 자립심 기르기

: 아이 혼자서 할 수 있는 일을 하나씩 늘려보세요.

4. 엄마의 휴식 시간 확보하기

: 집안일은 최대한 가전의 도움을 받아보세요. 건조기, 식기세척
기, 로봇청소기처럼 시간을 벌어주는 가전은 사치가 아니라 생
존을 위한 도구입니다.

오늘의 생존 팁

누우면 좀 어때요. 아이가 커 갈수록 방전된 내
가 누워 충전할 수 있는 시간이 늘어나요. 잠시
쉰만큼 아이에게 더 집중할 수 있어요. 당신에
게도 곧 그때가 온답니다.

음주와 육아에 대하여

"오늘 다들 육퇴 후 맥주 한잔해?"

불금이 되면 친구들의 톡방은 설렘으로 가득 찬다. 엄마들은 알 것이다. 직장을 퇴근한 후 집으로 출근을 하면 또 다른 미션이 시작된다. 저녁을 먹고 아이를 챙기다 보면 어느새 9시. 아이가 어려 종일 육아를 해야 한다면, 하루는 더 길어지게 된다. 육아퇴근 후 10시, 불이 꺼진 거실에 정적이 흐른다. 하루 중 유일한 나만의 시간. 미리 준비해 둔 치즈에 가성비 와인이 준비되면 오늘 나의 기나긴 일정도 마무리된다. 밀린 드라마를 틀어놓고 길었던 하루를 곱씹어본다.

우리 부부는 결혼 전부터 음주를 즐기는 사람이었다. 10평 조금 넘는 원룸의 신혼집. 하지만 맛있는 음식에 잔을 기울이는 그 집이 우리에겐 호텔이었고 펜트하우스였다. 수저 세 벌에 작은 냉장고 하나로 시작한 우리는 그렇게 나를 달래며 하루를 마무리했다.

아이가 태어나고 외식은 줄었지만, 음주는 부부의 유일한 공통 취미이자 대화 창구였다. 과묵한 남편도 얼큰하게 취기가 올라오면 이런저런 속 이야기를 끄집어냈다. 하지만 저녁 식사와 술을 곁들이는 날이 잦아지면서, 나를 키우기 위한 글쓰기와 독서는 자꾸만 뒤로 밀려났다. 그렇게 저녁을 보내고 나면 시간을 허비했다는 죄책감과 함께 육아에도 소홀했음을 느꼈다.

하루 중 유일한 나의 힐링 시간, 하지만 설거지를 할 때 즈음 늘 피로와 함께 허무함이 밀려왔다. 덩달아 체중은 점점 불어났다. 사라지는 자신감 대신 해야 할 일을 미루고 있다는 불안감이 내 안을 가득 채웠다.

'오늘 종일 바쁘게 일했으니까 이 정도는 괜찮아.'
'아침부터 힘들게 일하는데 이런 낙이라도 있어야지.'
그렇게 합리화를 했다. 아침마다 더부룩한 속과 엄

청난 피로감을 안고 눈을 떴고 해장을 핑계로 폭식을
했다.

 일을 쉬면 괜찮아질 거야. 워킹맘이라서 그렇다고
이 핑계 저 핑계를 대어 보지만, 사실 해결책을 누구
보다 잘 알고 있었다.

 현실을 바꿀 수는 없으니 내가 바뀌어야 한다는 것.
틈새 시간을 흘려보내지 않고 아껴야 한다는 것. 음주
대신 다른 힐링 거리를 찾아야 한다는 것. 그래서 나
는 결심을 했다. 내가 해야 하는 일에 몰입해 보기로.
어차피 글을 써야 한다면, 이 일을 즐겨보자.

 오늘 아침 화장대 위의 먼지를 보고 깊이 반성이 되
었다. 바쁘다는 핑계로 집안일에 이렇게 무심했구나.
화장품 뚜껑, 수납 바구니를 꺼내어 죄다 닦고 나니
내 마음도 깨끗해지는 기분이었다.
 '청소가 이렇게 뿌듯한 활동이었나?'
 늘 의무감에 보이는 곳만 대충대충, 집 구석구석을
사랑하지 않은 자신에 반성이 되었다. 잠시 먼지만 닦

앉는데 나에게 신뢰가 생기고 집이 더 소중하게 느껴
진다고 해야 할까.

유난히 바쁘고 힘든 하루일수록 그 좋아하는 활동
들이 내 삶을 지탱해 줄 것이다. 조금 부족한 육아면
어떤가. 나는 늘 실수하며 배운다. 책을 읽고 주위 사
람들을 통해 나를 돌아본다. 잘못한 부분은 반성하고
다음번에는 더 나은 엄마가 되면 된다. 오늘 육아 퇴
근 후에는 안마의자에 몸을 맡기고 어제 구매한 책을
읽어볼까. 생각만 해도 웃음이 새어 나온다.

▶ 곰손의 집안일

작가 이혜림(메이)님의 블로그를 종종 방문하는데요. 그분의 글
을 접하며 나도 한번 이렇게 살림을 해보고 싶다는 생각이 들었
답니다. 살림에 철학이 담겨있다고 해야 할까요. 넘치도록 많은
옷들로 인해 행거가 무너진 그 일을 계기로 미니멀리스트로 살
아가는 그녀. 그녀의 블로그에 담긴 집은 무척이나 정갈하고 깔
끔합니다. 완벽히 비워낸 단순함. 청소 하나에도 본인만의 생각
과 의미를 담습니다. 저도 그 글을 읽으며 영감을 얻고, 또 내 삶

에 적용해 보자고 다짐합니다. 나는 여전히 게으르지만 조금씩
변화하기 위해 꿈틀대고 있습니다.

오늘의 생존 팁

이제는 음주 대신 나를 돌보는 시간을 가져보
면 어떨까요. 운동, 반신욕, 명상, 필사 뭐든 좋
아요. 내 몸과 마음을 가꾸고 나와 만나는 시간
이 될 수 있다면요.

학습지, 알아서 좀 척척했으면

●
:
.

아이와 학습지를 하는 저녁은 늘 전쟁에 가까웠다. 공부를 시키려는 자와 피하려는 자. 하루 30분이라도 앉아 있는 습관을 길러주고 싶었지만 여간 쉽지가 않았다.

"남자애라 그런가, 의욕 있게 공부하는 법이 없어."
친정엄마에게 투정도 해보고 아이를 훈계해 보지만, 일단 책상에 앉히기까지 많은 시간이 걸렸다. 하지만 완벽히 자율에 맡기기엔 아이가 아직 어렸다. 하지 말 것과 해야 할 것을 정확히 구분하지 못하는 나이. 지금 손을 놓아버리면 한글을 떼지도 못한 채 학교에 갈 게 분명했다.

아이는 종종 징징거리며 하소연을 했다. 이런 걸 왜 해야 되냐고. 하루 30분이었지만 놀고 싶은 아이에게는 꽤나 지루한 시간이라는 것을 잘 알고 있었다. 하지만 스스로를 책임질 수 있는 어른으로 성장하기 위해서는 배움은 필수라는 것을, 우리는 사는 내내 배워야 한다는 것을 알려주고 싶었다.

그래서 초반에는 해야 할 분량을 끝내고 나면, 아이에게 보상을 해 주었다. 원하는 게임을 하거나 놀이터에서 나가는 것을 허락했다. 시간이 지나자, 아이도 저녁 식사 후 해야 할 공부가 있다는 것을 받아들였다. 하지만 학습지를 하는 내내 어른이 옆에 붙어있어야 했다. 근무가 힘들었던 날은 그 시간마저 버겁고 부담으로 다가왔다.

그리고 학교에 입학을 하며, 아이는 혼자서 학습지를 풀 수 있게 되었다. 물론 어렵거나 읽기 싫은 지문이 나오면, 어김없이 엄마를 부른다. 부끄럽지만 한 번씩은 그 호출이 너무 귀찮을 때도 있었다.

사실 아직 저학년인 아이의 단원평가 점수가 매번 좋은 건 아니다. 하지만 부족한 엄마의 교육열에 비해 아직은 무난히 따라가는 걸 보면, 매일의 공부가 도움이 되는 것은 분명하다. 비가 와도 눈이 와도 어김없이 30분, 예외는 없다. 해야 할 분량을 끝내야 어디든 나갈 수 있다.

지금 어린아이의 공부 지도 때문에 힘들다면 조금만 더 기다려보자. 매일 조금씩 앉아 있는 연습을 하면 곧 혼자서 공부를 하는 날이 온다. 그만큼 익숙해졌기 때문이다. 나는 최근 공부법에도 관심이 생겼다. 중학생이 되면 공부양이 늘어나 더 힘들 텐데, 효율적이고 재미있게 공부할 수 있는 방법이 없을까 궁금증이 생겼기 때문이다. 내 아이가 힘들어하는 모습을 보고 싶지 않은 건 모든 부모의 마음일 것이다.

어릴 때의 나처럼 공부하는 방법을 몰라, 성적에 좌절했던 과거를 아이에게 물려주고 싶지는 않다. 이왕 해야 한다면 행복한 학생, 행복한 부모가 될 수 있도록 연구하고 배우고 싶다. 무한 경쟁 시대에 안달복달하며 내 아이를 줄 세우기보다, 나만의 길을 뚜벅뚜벅 걸어가고 싶다.

▶ 공부법에 대한 고민

얼마 전 글로성장연구소에서 이성일 작가님의 메타인지 공부법에 관한 강의를 들었는데요. 이성일 작가님은 하부르타 질문 수업에 관해 여러 권의 책을 쓰신 학교 수석교사이자 출간 작가입니다. 학창 시절, 성적이 오르지 않던 이유를 그제야 알겠더라고요. 또한 거인의 노트 김익한 교수님이 말씀하신 키워드 독서법과도 맥락이 일치해서 반갑고 신기했습니다.

인풋을 아웃풋으로 뽑아내는 과정이 중요하다는 것. 그 과정이 없어서 우리가 아는 것과 모르는 것을 구분하지 못한다는 사실. 책을 읽고 키워드로 메모한 후 말로 해보고 글로 엮어보고. 그런 과정을 거쳐야 진짜 나의 지식이 된다는 것을 알게 되었습니다. 진리는 통한다고 해야 할까요.

문제를 빨리 푸는 것이 목표는 아닙니다. 강의에 따르면 한 문제라도 끝까지 고민하고, 스스로 해결하는 습관을 길러야 합니다. 또한 그 과정을 설명하는 연습이 필요합니다. 이 방법을 우리 아이의 학습에 어떻게 녹여낼지, 벌써부터 설레고 또 신이 납니다.

오늘의 생존 팁

아이의 자립은 엄마의 게으름에서 시작되는
걸까요. 때로는 하기 싫다고 대충 풀어버릴 때
도 있지만, 몇몇 과목은 혼자서 곧잘 학습지를
해냅니다. 우리 미안함 대신 혼자서도 해내게
될 아이를 믿어 주자고요.

게으른 책육아의 방해꾼

:

책육아에 있어 가장 방해가 되는 요소는 무엇일까?

"너 아침부터 너무 게임만 하는 거 아냐."
"일요일이잖아..."
　주말만 되면 아이와 실랑이를 하는 집이 꽤 있으리라 생각한다. 우리 집도 예외는 아니다. 아이와 24시간 놀아줄 수 없는 노릇이라, 엄마의 휴식 시간을 틈타 그 녀석들이 빈자리를 차지한다.

　아이가 초등학교에 입학하게 되면 키즈폰 개통을 망설이던 엄마들도 불안감 때문에 결국 핸드폰을 쥐여주게 된다. 학교는 유치원처럼 선생님과 긴밀하게 소통을 할 수 없고, 하교 후에는 학원 차로 자율 이동을 해야 한다. 엄마의 정신건강 그리고 아이의 위치

파악을 위해서 주저하던 핸드폰을 허락하는 우리. 게임은 막아 놓더라도 최소한 아이와 통화는 되어야 안심이 되기 때문이다.

단호한 부모 덕분에 게임을 하지 않던 아이도, 초등학생이 되면 하나둘씩 게임에 입문하게 된다. 친구들이 죄다 게임을 하는데 버틸 아이가 과연 몇 명이 될까. 하지만 문제는 게임과 유튜브 시청을 조절하지 못한다는 사실이다. 나 역시 아이의 게임과 유튜브 중독, 문해력 하락을 걱정하면서도 최근까지 아이의 핸드폰과 태블릿 사용에 관대했다.

죄책감을 느끼면서도 방치 아닌 방치를 한 이유는 단 하나 어리석은 두려움 때문이었다.
'너무 엄격하게 통제하니 분노가 쌓이고 과격해지는 아이도 있던데, 우리 애도 그러면 어떡하지?'
'계속 심심하다고 할 텐데, 내가 쉴 새 없이 놀아줄 수 있는 체력이 될까?'

그래서 못 본 척, 눈을 가렸다. 쌓아놓은 육아서가

무색하게. 하지만 아이의 학습 태도를 보고 알게 되었다. 내가 얼마나 무지하고 나쁜 엄마였는지. 아이는 늘 지문을 대충 읽었고, 글씨 쓰기가 싫어 머리로만 계산했다. 학교에서 자주 책을 읽는다지만, 집에서는 책을 펼쳐보는 일이 거의 없었다.

'책을 싫어하지는 않는 것 같은데, 게임은 좀 덜 했으면...'
그래서일까, 아는 문제도 늘 실수를 해서 틀려왔다. 나는 풀이 죽은 아이를 앉혀놓고 말했다.
"네 잘못이 아니야. 엄마 잘못이야. 엄마가 너를 너무 방치했어. 그래서 문제 읽는 게 어려운 거야. 우리 오늘부터 유튜브와 게임은 조금씩 줄여나가자."

아이는 반발 없이 고개를 끄덕였다. 우리는 금욕 상자를 만들어 하루 중 일정 시간은 온 가족이 핸드폰 없이 지내기로 했다. 아이 혼자만 못 하게 해서는 설득력이 없기 때문. 되도록 평일에는 유튜브를 보지 않고, 그렇게 하루 게임 시간을 대폭 줄이기로 약속했다.

물론 유튜브와 게임이 무조건 나쁜 건 아니다. 유튜브에서 배우는 내용도 있고, 게임을 통해 아이들의 스트레스도 해소할 수 있다. 때로는 게임에서 반 친구들을 만나 소통을 하기도 한다. 하지만 역시 시작하면 무한정 하고 싶다는 게 문제이다. 게다가 쇼츠는 아이뿐 아니라 어른마저 멍하게 만들지 않는가.

저번 일요일에는 핸드폰 사용을 줄여보고자 아이 친구네를 따라 근처 도서관에 놀러 갔다. 그 가족은 주말마다 도서관, 각종 체험 프로그램을 자주 다니는 부지런한 가족이다. 그들 덕분에 괜찮은 도서관을 알게 되었고, 고등학교 이후 처음으로 도서관 회원 카드를 만들었다. 그리고 아이 책을 다섯 권이나 빌려왔다. 아이는 회원 카드를 만들고 무척이나 기뻐했다. 늘 내 책은 사서 보거나 전자책을 이용했고, 아이는 학교 도서관에서 책을 빌려 왔었는데…. 책 보따리를 들고나오는 내내 뿌듯함이 밀려왔다.

솔직히 처음에는 책을 빌려오지 않으려고 했다. 뚜벅이인 내가 책을 반납하기에 위치도 애매했고, 과연

이 책을 아이가 읽을지 의문이었기 때문. 하지만 예상 외로 아이가 책 다섯 권을 본인의 책상 위에 올려놓았다. 그리고 책장을 펼쳤다. 물론 조금 읽다 덮긴 했지만 야무지게 책갈피도 꽂아놓았다. 본인이 고른 책이라서 그럴까.

 물론 늘 책을 끼고 다독하는 아이들도 많을 것이다. 거기에 비하면 책육아라고 하기에는 조금 부끄럽기도 하다. 책을 한번 들춰보고 다시 펴지 않은 날도 많다. 하지만 뭐 어떤가. 이 세상의 모든 아이들이 다 책을 많이 읽는 건 아니니까.

 매일 나처럼 죄책감에 시달리는 엄마들에게 작은 위로와 도움이 되고 싶어 이 책을 썼다. 내가 생각하는 게으른 책육아는 그리 어렵지 않다. 미디어와 게임의 빈자리에 조금씩 책을 놓아보는 것. 주말에 아이가 고른 책을 다섯 권 빌리고, 읽지 않아도 다시 도서관에 가면 된다.

 아이에게 책이 의무가 아니라 익숙함이 된다면 그

것으로 충분하다. 책에 대한 거부감만 사라져도 우리는 이미 절반은 해낸 셈이다. 솔직히 요즘은 이런저런 핑계로 도서관에 가지 못하고 있지만 우리 오늘부터 게으른 책육아를 조금씩 시작해 보면 어떨까.

▶ 게으른 책육아 Q & A

Q. 인생 육아서를 알려주세요.

A. 누군가 저에게 인생 육아서가 무엇이냐고 묻는다면 저는 단연코 김윤희 작가님의 「달팽이 책육아」라고 말하고 싶습니다. 책을 읽는 내내 고개를 끄덕였고, 공감했으며 밑줄을 그었습니다. 물론 책대로 한다고 아이가 따라오는 건 아니었지만, 적어도 이 책 덕분인지 아이는 최소한 책을 싫어하지는 않게 되었다고 확신합니다.

Q. 만약 아이가 도서관 가기를 거부한다면?

A. 책육아 전문가 김윤희 작가님은 말씀하십니다.

"엄마 책을 빌리러 도서관에 잠깐 가자고 해보세요. 가서는 아이에게 엄마가 읽을 책을 골라달라고 하는 거죠. 엄마 책을 고르다 흥미로운 본인의 책을 발견하기도 하거든요."

Q. 아이가 만화가 많은 책만 봐요.

A. 프로그래머로 일하는 제 남동생은 지금도 늘 책을 읽고 공부를 하지만, 그 녀석도 한때는 만화책만 주구장창 읽었답니다. 첫 시작은 만화책이었지만 소설책, 무협지 등 점점 읽는 분야가 확장되더라고요. 우리 남매는 주말만 되면 책방에서 빌린 만화책을 산처럼 쌓아놓고 과자를 오물거리며 열심히 읽어 나갔습니다. 과연 그때 엄마가 만화책을 읽지 못하게 했다면 지금의 동생이 책을 읽고 있을까요.

Q. 게으른 책육아를 위한 앞으로의 계획은?

A. 앞으로 저희 집은 한 달에 두어 번 가족회의를 열 생각인데요. 그 시간에 아이의 교육방침과 구상 중인 가족 동화책 독서모임에 대해서도 의논할 생각입니다.

때로는 핸드폰을 소비가 아닌 창작의 수단으로 활용해 보는 건 어떨까요. 오늘 읽은 책의 내용(또는 종이접기나 레고 조립 등의 활동)에 대해 아이가 설명하는 동영상 촬영을 하는 겁니다. 그리고 비공개 계정에 기록을 모으는 거죠. 감사하게도 가족회의와 동영상 촬영 모두 글쓰기 모임의 작가님들이 아이디어를 주셨습니다.

아이 체중이 걱정이라면

●
●
●

"엄마, 살 빠지는 물약 없어? 나 뚱뚱해서 살 빼야 돼."

순간 내 귀를 의심했다. 살 빠지는 물약이라니. 반이 바뀌고 친한 여자아이들이 많이 생겨서일까, 아니면 통통하다고 놀림을 받는 걸까. 마음이 심란했다.

"누가 그렇게 이야기했어? 전혀 안 뚱뚱한데. 볼살만 좀 통통하지. 그리고 네 나이 때는 밥은 적당히 먹고 간식만 줄이면 금방 빠질 거야."

내가 아이의 체중에 민감한 이유는 사실 나 자신 때문이다. 소아비만이었던 나는 신체검사 시간이 세상에서 제일 두려웠다. 당시 통통했던 아이들은 따로 교실에 남아 체중을 재었는데, 더 치욕스러운 건 그다음이었다. 며칠 뒤 스피커로 호명되는 이름들. 누가 봐도 각 반에서 한 덩치 하는 아이들이었다. 그 아이들은 양호실에 모여 체중 관리 관련 설명과 함께 유인

물을 받았다. 그 종이를 받아서 가는 그 길이 너무 끔찍했다. 종이를 들고 교실에 들어가면 100개의 눈이 죄다 나를 쳐다보는 것만 같았다.

'뚱뚱이들만 불려 가는구나.'
마음의 소리가 들리는 듯했고 뒤통수가 따가웠다.

종종 짓궂게 놀리는 남자 아이들의 장난은 나를 더 비참하게 만들었다.
"와, 슈퍼 돈까스다."
이를 악물고 중학교 때 다이어트에 성공했지만, 요요와 감량을 반복했으며 현재도 나의 다이어트는 진행형이다. 평생 숙제, 다이어트는 나에게 그런 존재였고 그 숙제를 적어도 내 자식에게는 물려주고 싶지 않았다.

'마른 체질의 남편을 닮지 하필 나를 닮아서...'
활동량이 많지만, 탄수화물과 간식을 좋아하는 식습관이 영락없는 외탁이었다. 하지만 어쩔 수 없었다. 타고난 건 바꿀 수 없으니, 밥상을 바꾸어야지. 사람은 익숙한 것에 끌린다고 했다. 나는 밀가루를 먹으면서 아이에게는 한식을 강요할 수는 없을 것이다. 그건 설득력이 없으니까. 또한 내가 먹으면 아이도 먹고 싶어 할 게 뻔했다. 매번 건강한 집밥만 먹을 수 없지만 외식과 배달 음식의 횟수는 줄여야 했다.

"나 놀이터 나가서 운동 좀 하다 올게."

저녁밥을 먹은 아이가 말했다. 살을 빼기 위해 좀 뛰다 오겠다는 아홉 살 아들. 마음이 아팠다. 왜 살을 빼려는지 물어봐도 시원하게 대답하지 않았다. 왜 자기만 이렇게 통통한 거냐 되물을 뿐이었다.

놀이터에 나간 아이가 걱정이 된 나는 비장하게 운동복을 챙겨 입었다. 아니나 다를까, 달밤에 궁상맞게 혼자 뛰고 있는 귀여운 뒤태. 나는 멀리서 아이 이름을 불렀다. 그리고 함께 뛰기 시작했다.

"바람도 선선하고, 밤에 운동하니 기분이 좋다. 그렇지?"
"더 뛸 거야. 오늘 1kg을 꼭 뺄 거야."
"우리 계단 운동도 한번 해 볼래? 우리 집까지만 걸어 올라가는 거야."

아이와 나는 계단을 하나씩 걸어 올라가기 시작했다. 나중엔 힘들었는지 손까지 짚어가며 네발로 계단을 오르는 아홉살 다이어터. 나는 작은 고사리손을 꼭 잡고 한 칸씩 계단을 올라갔다.

내가 할 수 있는 거라곤 그저 아이의 고민을 들어주는 것, 가끔 나가자고 할 때 함께 뛰어주는 것, 그리고 손을 내미는 것이다. 건강한 음식이 맛도 좋다는 것을 알려주는 일, 그 맛에 익숙해지도록 도와주는 일, 그 또한 엄마인 내가 해야 할 역할일 것이다.

▶ 아이들의 체중조절, 영원한 숙제

요즘은 1학년 때부터 다이어트를 하는 아이들이 많다고 합니다. 특히나 여자아이들은 돼지라는 놀림이 싫어 그냥 밥을 굶는다고 합니다. 처음 그 말을 듣고 놀랐었는데, 막상 우리 아이가 다이어트를 하겠다고 하자 더 마음이 심란했습니다. 다이어트로 아이의 키가 크지 않을까 하는 걱정보다는, 혹시나 놀림으로 마음에 상처가 생길까 염려가 되었습니다.

아직 성장기라 영양의 균형을 잡아주되, 적당한 운동과 함께 당분과 정제 탄수화물의 통제를 우선시해야겠다는 생각이 들었습니다. 밥 먹고 입가심으로 먹는 과자, 밥 먹기 전에 집어 먹는 젤리 한 봉지, 그 하나하나가 모여 식습관이 되니까요. 식사 중 아이의 단백질 섭취량을 늘리고 식사 후 출출하다고 할 때 건강한 간식으로 대체해 보는 건 어떨까요? 저희 아이는 맥반석 달걀을 좋아하고요, 오이와 당근 스틱도 가끔 찾습니다. 블루베리를 넣은 무가당 요거트도 제법 잘 먹더군요.

자녀의 마음에 스크래치가 나면 부모의 마음에는 커다란 구멍이 나지요. 아이의 체중이 걱정된다면 오늘부터 돈 쓰기에 게으른 다이어트를 시도해 보세요. 꼭 나가지 않아도 괜찮습니다. 홈트나 운동게임을 틀어놓고 몸을 움직여도 즐거운 다이어트가 될 것입니다. 단 엄마 아빠가 함께한다면요.

오늘의 생존 팁
아이들은 밀가루 음식을 줄이고 활동량만 늘려도 금세 살이 빠지더군요. 운동하길 원할 때 함께 있어 주는 것만으로도 아이에겐 큰 힘이 될 겁니다.

해외여행, 무리해서 가야 하나요?

●
●
●

"엄마, 왜 우리는 해외여행을 안 가?"

초등학생이 된 아이는 매번 방학이 되면 나에게 물어본다. 친구 누구는 베트남에 갔고, 어떤 친구는 대만에 갔다는데 왜 우리는 안 가냐고.

그럴 때마다 나는 아이에게 미안했다. 사실 몇 년 전만 해도 일 년에 한 번 나가는 해외 여행비가 크게 부담이 되지는 않았다. 그 당시에는 항공권 가격도 저렴했고, 아이 교육비와 주거비도 지금에 비해 부담이 덜했으니까. 하지만 시간이 지날수록 돈 들어갈 곳은 왜 이리 많은지. 조금씩 적금을 넣기도 빠듯한데 그 돈을 떼어 여행에 투자할 수는 없었다.

늘 불안했다. 모아둔 돈도 적고, 생각보다 돈이 모이

지 않는다는 생각에 마음이 조급했다. 그런 내가 큰돈을 떼어 여행에 투자할 수 있을까. 돈이 있어도 불안해서 쓰지 못할 게 분명했다.

"우리 내년에는 꼭 가자. 알겠지? 지금은 시간도 없고 엄마가 돈을 모아야 해서 못 가."

나는 해외여행을 조금만 뒤로 미루기로 했다. 지금 글을 쓰며 쌓고 있는 이 시간이 언젠가 나에게 진정한 자유를 주리라 그렇게 믿으며. 그때가 되면 경제적, 시간적 제한 없이 자유롭게 여행을 다닐 수 있겠지.

대신 미리 여행 정보를 조금씩 모아두고 있다. 다음에 아이와 가봐야지 하며 마음속 여행 지도를 그려본다. 요즘은 여행을 자주 떠나는 가정이 많다 보니, 우리 상황이 아이 눈에는 조금 의아해 보일지도 모른다. 때로는 친구들이 부러울 것이고, 나도 가보고 싶다는 마음이 당연히 들 것이다.

하지만 무턱대고 형편에 맞지 않는 여행은 간다면, 여행 후 깊은 허무함에 빠질지도 모른다. 몇 달 동안 카드 빚을 갚느라 삶이 궁핍해지고 텅 빈 통장을 보며 우울감에 허우적댈 수도 있다.

사실 이번 황금연휴에 어디를 갈지 많은 고민을 했다. 가까운 일본을 갈 수도 있었지만 예산상 모든 가족이 갈 수는 없었다. 나와 아이 두 명만 갈까도 생각을 했지만, 남은 가족들에게 미안했다. 그래서 결정했다. 국내로 가되, 육아도움을 주시는 엄마를 포함해 온 가족이 쾌적하게 묵을 수 있는 곳으로 가자. 어디를 가는지도 중요하지만, 누구랑 가는지가 더 중요하다는 게 나의 생각이었다.

대신 최고의 여행이 되도록, 맛집 및 여행 코스를 열심히 검색하기로 나 자신과 합의했다. 돈을 절약하고 싶으면 열심히 손가락을 움직여야지. 그건 자신이 있었다. 늘 해 왔으니까. 그렇게 나는 경주 여행을 추진하게 되었다.

경주는 부산과 가까웠지만 늘 다른 일정에 밀려 제대로 둘러보지 못했던 곳이다. 특유의 고즈넉한 분위

기 그리고 아기자기한 소품샵과 카페까지⋯. 6월의
경주를 한눈에 담고 즐기고 맛보고 오리라 다짐했다.

여행을 자주 못 간다고 혹은 해외여행을 갈 형편이
되지 않는다고 내 아이에게 너무 미안해할 필요는 없
다. 안 가는 게 아니라 잠시 미룬 거니까. 더 풍요롭고
자유로운 그날은 꼭 온다. 반드시.

▶ 지금부터 준비하는 가족 여행

1.저렴할 때 미리 비행기 티켓과 숙소를 결제합니다.
: 하지만 원하는 날짜에 휴가 쓰기가 쉽지 않은 직장은 이 방법
이 힘들 수도 있습니다.
2. 여행비를 모으는 적금통장은 만듭니다.
: 한 달에 10만원 이라도 모으면 1년에 120만 원이 됩니다. 거기
에 매년 연말정산 환급금을 보태면 어느 정도의 여행경비는 모
을 수 있습니다. 상여금 또는 성과급이 나오는 직장이라면, 그
돈을 모아 매년 여행비로 사용할 수 있습니다. 저희 가족도 생활
비 일부를 모아 베트남 여행을 떠날 계획을 하고 있습니다.
3. 목돈 쓰기가 부담된다면

: 캠핑이나 글램핑 또는 국내 여행지는 어떨까요. 잘 찾아보면 국내에도 괜찮은 여행지가 많더라고요. 볼거리, 체험할 거리가 많은 국내 여행지를 꼼꼼히 검색해 보세요. 아이와 추억을 쌓는 일에 장소는 그리 중요하지 않습니다.

오늘의 생존 팁
여행이 부담스러울 땐, 자주 갈 수 있는 가까운 곳부터 아이와의 추억 장소로 만들어 보세요.

3장

고마운 밤

-부모님 찬스를 써야 하는 당신-

언니의 한마디

"육아는 엄마와 나 사이를 찢어 놨다
또 붙여놨어.
그 속에서 우리는 서로의
진심을 알게 되었지."

또 입원이야?

.
.
.

.

친정엄마에게 제일 미안한 순간이 언제였을까? 돌이켜보면, 아이의 돌이 갓 지난 그해 겨울이었던 것 같다. 비로소 실감하게 되었다. 어린아이들이 얼마나 자주 입원을 하는지.

출산 5개월 만에 다시 시작한 직장 생활은 정착이 아닌 이직의 연속이었다. 생계 문제로 급하게 시작한 검진 센터 단기 계약직. 하지만 얼마 되지 않아 후회가 밀려왔다. 적어도 일한 만큼 대우받기를 원했지만 엄청난 노동 강도 그리고 대표란 사람에게 느낀 큰 모멸감. 결국 그곳을 퇴사한 후 직장을 옮겨가며 방황했다. 계약직과 계약직 사이 돌다리를 건너듯.

그러다 우연히 면접을 본 송파구의 내과에 덜컥 합

격을 했고, 길고 긴 방황은 마침표를 찍었다. 적당한 규모의 내과, 분리된 검사실, 좋은 동료들. 방황이 긴 만큼 소중하고 귀한 내 일터였다. 이제야 찾은 자리, 지키고 싶었다.

당시 친정엄마는 한 달에 한 번 아이를 데리고 부산과 서울을 오가셨다. 부산의 본가도 방치할 수 없었기 때문. 엄마는 아이가 울어대면 객차 사이 공간에서, 어르고 달래며 2시간 30분을 버티셨다. 그렇게 아이가 내려간 12월의 늦은 오후, 친정엄마에게서 전화가 왔다.

"어젯밤부터 열도 나고 기침이 심해서 근처 아동병원에 왔거든. 폐렴 초기라고 입원을 권유하네."
눈앞이 캄캄했다. 두 번째 입원. 첫 번째 입원은 급하게 서울로 올라왔지만, 이번은 틀렸다. 아이의 컨디션이 좋지 않았다. 게다가 내가 있는 서울집 근처는 아동 병실이 마땅치 않았다. 설령 먼 병원을 찾아간다해도 입원실이 비어 있을지 의문이었다.

결국 엄마와 상의한 후, 진료 중이던 부산의 아동병원에 입원하기로 결정을 했다. 친정집에서는 가까웠지만, 혼자 간병할 엄마가 걱정되었다.

'교대해 줄 사람이 있어야 잠도 푹 주무시고, 콧바람도 쐬실 텐데...'

그렇다고 입사한지도 얼마 되지 않은 내가 대체자도 없는데 갑자기 휴가를 쓸 수도 없는 노릇이었다.

"나 토요일 하루 휴가 쓰고 내려갈 건데 그때까지만 엄마가 고생해야 할 것 같아."

아픈 아이는 종일 칭얼거렸다. 엄마는 그런 아이를 달래고 식사를 챙기고, 토하면 다시 약을 먹였다. 아이와 엄마를 생각하면 당장이라도 내려가고 싶지만, 별다른 방법이 없었다. 게다가 하필 그 주 금요일이 일 년에 한 번인 병원 전체 회식. 아예 불참하기엔 입사 후 처음 있는 회식이라 고민이 되었다.

'회식 가서 간단히 내 소개하고, 잠깐 앉아 있다 기차를 타야겠다.'

하지만 첫 회식은 생각보다 길어졌고, 인사를 하고

나올 기회를 찾기가 쉽지 않았다. 그렇게 눈치만 보다 택시를 타게 된 나는 아슬아슬 출발 전 기차에 몸을 실었다. 일을 하고, 회식에 갔다 서울에서 부산으로. 하루가 그렇게 저물고 있었다.

'정말로 기나긴 하루다.'
창밖에 깔린 어둠 뒤로 노오란별 두 개가 반짝이고 있었다.
'엄마 드실 간식을 좀 사갈까? 기차역에 장난감 파는 곳은 있으려나?'
뭐라도 해주고 싶었다. 힘들 때 함께 하지 못함이 사무쳤고 또 미안했다.

"엄마, 고생 많았어. 열은 좀 잡혔어?"
수척해진 아이와 지친 엄마. 눈앞이 흐려졌다. 짙어진 엄마의 주름살을 보니 괜스레 속이 뒤틀렸다. 이게 맞는 일인가 생각이 들 때마다 선택의 여지가 없었다. 허리띠를 졸라매면 맞벌이를 포기할 수 있는 남들의 그 여건이 부러웠다.

아이가 아플 때 휴가를 쓸 수 없어서, 엄마께 죄스러웠다. 만약 엄마의 도움이 없었다면 내가 아이를 키울 수 있었을까. 아이가 아플 때마다 나는 죄인이 된 것 같았다. 아이가 열이 날 때마다 가슴이 내려앉았다. 직장에서도 일이 손에 잡히지 않았다. 하지만 버티고 버티니 그 시간도 결국은 지나간다. 아이의 입원 횟수도 점점 줄어든다.

오랜 시간 자유를 꿈꾸었다. 그리고 지금도 꿈을 꾼다. 직장에 묶이지 않고 훨훨 날기를. 에너지가 남아돌아 하루를 가득 채우기를. 미안한 엄마가 되지 않기를. 하지만 힘든 시간이 훈장이 되고, 재산이 되고, 글감이 될 거라고. 오늘도 그렇게 위로해 본다. 토닥토닥, 힘내.

▶ 입원 시 준비물

마스크, 손소독제, 세면도구(비누, 샴푸, 린스, 칫솔, 치약), 화장품(스킨, 로션, 선크림 등), 수건, 편하게 입을 옷, 속옷과 양말, 체온계, 휴대용 네블라이저(병원 네블라이저를 써도 되지만 휴대용은 아이가 잘 때 편하게 할 수 있다), 일회용품(종이컵, 숟가락, 젓가락, 비닐백, 빨대), 휴지와 물티슈, 간식과 커피, 텀블러, 슬리퍼, 간단 조리식품(햇반, 컵라면, 전자레인지 식품 등), 김치와 밑반찬, 책, 학습지, 필기구와 색칠 도구(스케치북, 색연필, 연필, 지우개), 장난감, 태블릿, 핸드폰 충전기, 연고 등

(영유아: 젖병, 젖병 솔, 기저귀, 분유, 영양제, 아기띠 등도 함께 챙겨주세요)

☞나만의 간병인 식사 꿀팁: 아이가 입원을 하고 링거를 맞게 되면 배고픔을 잘 느끼지 못하고, 아파서인지 입맛도 떨어지는 것 같더라고요. 매번 입원식을 절반 이상 남기다 보니 버리는 음식들이 너무 아까웠습니다. 결국은 아이의 입원식을 함께 나눠 먹고 집에서 가지고 온 음식을 더하니 알뜰한 간병인 식사가 되었습니다.

▶ 아이가 아플 때 대처법

-열이 날 때
: 해열제를 종류별로 구비해 두고 여행 시에도 응급약 키트(어린이 소화제, 해열제, 감기약, 상처밴드 등)를 꼭 들고 다녔습니다.

어린아이들은 언제 열이 날지 알 수 없기 때문인데요. 갑자기 열이 날 땐 해열제를 교차 복용시키고, 복용 시간과 용량을 어플이나 종이에 기록해 두었습니다.

-기침이 심하고, 열이 잡히지 않아 컨디션이 좋지 않다면

: 엑스레이 검사와 입원이 가능한 병원에서 진료를 받았습니다.

-열이 정상으로 떨어지지 않고 일정 간격으로 계속 오른다면

: 병원에서 꼭 진료를 받았습니다. 의사의 처방에 따라 각종 검사를 해야 할 수도 있기 때문입니다.

-체기

: 집에 구비해 둔 어린이용 소화제를 먹였습니다. 만약 집이 아니라면 편의점 드링크 소화제를 사서 연령별 용량에 따라 먹였습니다.

-변비

보통 배변 연습을 하며 변비에 잘 걸립니다. 변기가 익숙하지 않아 숨어서 변을 보거나 아예 참아버리기 때문인데요. 아이의 변비가 심해지면 꼭 소아과 진료를 받으라고 추천 드립니다. 자주 관장을 하는 것은 아이가 고통스러울 뿐 아니라 장에도 좋지 않다고 하더군요.

저희 집 아이는 변비 초반에 복통을 호소하다 응급실까지 간 적

도 있습니다. 그날 이후 반년 동안 변비로 통원 치료를 이어가며 처방약과 함께 푸룬주스도 꾸준히 먹었는데요. 마지막 진료를 보던 날, 진료 원장님이 던지신 그 한마디가 아직도 생각납니다.

"이제 안 오셔도 됩니다. 이건 엄마가 해내신 거예요. 정말 수고 많으셨어요."

▶ 육아와 응급실

육아를 하다보면 적어도 한번은 아이 때문에 응급실을 갈 일이 생깁니다. 아직도 그날이 기억나네요. 사실 아이는 그전부터 변비 때문에 몇 번씩 배가 아프다고 했었는데 그날은 틀렸습니다. 저녁을 먹고 얼마 후 갑자기 극심한 복통을 호소하더군요. 우울증으로 힘들어하는 엄마를 고향인 부산에 내려가시게 한 당일이었어요.

바닥에 뒹구는 아이를 안고 관장을 시도하다 결국 택시를 타고 응급실로 향했습니다. 응급실에서 관장을 하며 고통스러워하는 아이를 보니 마음이 갈기갈기 찢어지는 듯 했습니다. 하지만 친정엄마도 계시지 않기에 마음을 더 단단히 먹자고 다짐했습니다.

친정 아빠가 한 달 정도 아이를 등원시켜 주셨는데 아이는 아침마다 울며불며 출근하는 저를 붙잡고 놓아주지 않았습니다. 아이를 떼어놓고 집을 나서는데 어찌나 눈물이 나던지. 이미 지나간 시간이지만 아직도 그때 생각만 하면 가슴이 먹먹합니다.

오늘의 생존 팁

우리 조금만 기다려요. 아이의 키만큼 면역력도 함께 성장하거든요. 초등학교에 입학하게 되면 입원을 하거나 병원에 가는 횟수도 훨씬 줄어들 거예요.

육아갈등 아니고 모녀갈등

·
·
·

엄마는 손이 빨랐다. 설거지도, 바느질도, 청소도 손끝을 스치면 어느새 끝나는 집안일. 그에 비해 나는 둔하며 느린 거북이였다. 육아도 집안일도…. 체력장과 달리기는 어릴 때부터 늘 꼴찌였다. 체육을 복습해야 하는 운동신경과 수업 후 나머지 공부가 되는 만들기. 따라가려면 남들보다 몇 배의 시간이 필요했다.

돌이켜보면 아들은 태생부터 성격이 급했다. 우유를 빨리 주지 않으면 자지러지게 울며 온몸을 파르르 떨었다. 그런 나에게 우유 타기는 당시 제일 어려운 미션이었다. 아이가 울면 용수철처럼 뛰어올라 쏜살같이 주방으로 향했다. 마치 특수임무를 수행 중인 요원처럼. 신속하게 젖병을 꺼내고 분유 포트의 버튼을 누르지만, 아기는 더욱더 빽빽 울어대었다.

132

"왜 이렇게 오래 걸려? 애 숨넘어가겠다."

성격 급한 토끼 엄마는 그때부터 나를 압박하기 시
작한다. 분유 하나 타는 게 왜 이렇게 오래 걸리냐고.
애를 괜히 울린다는 게 엄마의 주장이다. 보온병을 이
용하는 지혜도 자동 분유 제조기도 없던 시절, 분유
타기는 갈등의 골을 만드는 원인이 분명했다.

부부의 퇴근 시간에 맞춰 준비된 따뜻한 집밥, 늘 엄
마께 고맙고 감사했다. 제일 맛있다는 남이 차려주는
밥을 나는 매일 먹고 있었다. 하지만 그날도 내 설거
지가 문제였다. 엄마가 하면 10분에 끝날 일을 내가
하면 30분이 넘어갔다. 어설픈 손놀림은 야무진 엄마
의 눈엔 늘 잔소리의 대상이었다.

"엄마는 왜 항상 못한 것만 얘기해? 설거지가 눈에
안 찰 수도 있지만 나도 최선을 다한 거야."

피로와 분노가 쌓였던 걸까, 나는 엄마에게 토하듯
울분을 쏟아냈다. 발작을 하듯, 엄마의 마음을 헤집어
놓았다. 내가 이렇게 자존감이 낮은 건 모두 엄마 때

문이라고, 덕분에 그렇게 자랐다고 세상에서 가장 큰 대못을 박았다. 요동치는 감정이 주체가 되지 않았다. 엄마와 얼굴을 붉히며 언성을 높였다. 늘 타인의 인정에 목말랐다. 느린 내 자신이 싫었다. 기나긴 시간, 나 자신을 미워했다.

육아 갈등, 그 밑바닥에는 오랜 세월 묵혀두었던 감정들이 뒤엉켜 있었다. 뭐든 야무진 동생과 차별한다고 생각했다. 또한 나를 미덥잖게 생각해서 잔소리를 늘어놓는 거라고, 갈등에 직면할 때마다 늘 상대에게서 문제점을 찾았다. 그렇게 죄책감을 덜었다. 나는 늘 피해자라고. 하지만 뒤늦게 알게 되었다. 내 감정을 제대로 전달하지 못하는 것, 혼자 감정과 오해를 쌓아두고 한 번에 터뜨리는 것, 살갑지 못한 것, 칭찬과 감사에 인색한 것, 때론 주부로서 내가 해야 할 일을 미루고 있는 것. 애써 부정했던 나의 문제들이었다.

그리고 알게 되었다. 엄마에게 터뜨렸던 그 감정들이 열등감이고 피해의식이라는 것 그리고 뒤틀린 마음이 나 자신을 괴롭히고 가정의 분위기를 흐리게 한다는 사실을. 다툼 후 엄마께 핸드폰으로 장문의 편지를 썼다. 엄마는 읽고 나서도 오랜 시간 답이 없으셨다.

잠시 바람 쐬러 나간다더니 어느 벤치에 앉아 눈물을 훔치시는 건 아닐까. 그 눈물이 마를 때까지 답장을 못하는 걸까. 아니면 너무 화가 나서 답장을 미루시는 걸까. 갖은 추측이 나를 괴롭혔다.

그렇게 30분이 지났을까. 곱절이 긴 답장이 왔다.
"부모는 키울 때나 커서나 자식은 다 똑같아. 자식이 달랑 둘인데 차별할 사랑이 어디 있어. 다른 집 자식보다 빠지는 게 없다고 생각하고 살았는데 네가 그렇게 느꼈다면 미안하다."

눈물이 쏟아졌다. 그리고 감사했다. 나를 인정해 줘서. 나를 사랑해 줘서. 내가 긁어댄 상처가 얼마나 아프셨을까. 엄마와 나는 아무 일 없었다는 듯 일상을 이어갔다. 하지만 우리는 이전과 미묘하게 달라졌다. 엄마는 뾰족한 말들을 자제했다. 응어리가 풀려서일까, 나도 엄마의 핀잔에 크게 의미를 부여하지 않았다. 우리는 이제야 서로를 다시 알아가기 시작했다.

▶ 발작 버튼을 아시나요

누구에게나 발작 버튼이 있습니다. 늘 잔잔하고 무던하던 사람도 건드리면 터지는 그 사람만의 역린. 저는 그 버튼이 아물지 않은 과거의 상처라고 생각합니다. 제 경우는 느리다는 지적을 받으면 화가 올라왔습니다. 저에게 있어 느림은 인정욕구의 충족을 방해하는 걸림돌이었습니다.

유년 시절 그리고 직장까지 따라와 내 발목을 잡던 꼬리표. 아무리 기를 쓰고 노력해도 손이 빠른 사람을 따라가기엔 역부족이었습니다. 그 꼼꼼한 덕분에 실수는 적었지만 속도에서 경쟁력이 떨어지고 성취감과 자신감 저하로 이어졌습니다. 하지만 글을 쓰고 콘텐츠를 만들며 알게 되었습니다. 내가 모든 부분에서 느린 건 아니구나. 글쓰기, 검색해서 자료 찾기, 동영상 만들기 등 내가 남들보다 빠르게 잘할 수 있는 부분도 있다는 사실을요.

또한 느린 부분에 대해 인정을 하고 나니 더 이상 그것은 나의 발작 버튼이 아니었습니다. 나도 잘할 수 있는 분야가 있다는 사실과 엄마의 진심을 알게 되자 마음속 깊은 열등감이 옅어졌습니다. 조금은 편안해졌습니다.

저는 요즘 새로운 사람을 만나면 그 사람의 발작 버튼을 파악하기 위해 노력합니다. 또한 칭찬과 인정 그리고 공감이라는 무기로 그들의 상처를 보듬어주기 위해 애를 씁니다. 어쩌면 우리가 진짜 원하는 것은 날이 선 지적이 아니라 그저 내 이야기를 묵묵히 들어주는 사람일지도 모릅니다.

"그랬구나. 참 힘들었겠다. 충분히 잘하고 있어. 너무 수고 많았어."

오늘의 생존 팁

곪은 건 터뜨려야 다시 새살이 납니다. 오해와 다툼이 있더라도 가족이라 다시 봉합이 가능합니다. 그리고 더 단단한 관계가 됩니다.

내리사랑

아빠는 늘 말씀하신다. 자식 키워봤자 결국 남는 건 부부뿐이라고. 그러니 자식에게 너무 매여 있지 말라고. 그러면서도 쌈짓돈을 털어 종종 손주에게 용돈을 쥐여주신다.

"저기 모녀 보이지? 젊은 엄마는 그냥 가고, 나이 많은 할머니가 유모차를 끌고 가네. 사람들이 다 똑같다. 자기 나이든 줄은 모르고 딸램이 힘들까봐 자동으로 저렇게 된다니까."

엄마도 늘 그랬다. 힘쓰는 일, 궂은일은 늘 본인이 하셨다. 자식을 아끼는 마음에 몸이 먼저 반응한다고 했다. 본인보다 젊은 아들딸을 두고 무거운 몸을 일으켰다. 처음엔 몰랐다. 늘 받아왔으니, 크게 의식하지 않았다. 하지만 알게 되었다. 우리 엄마도 나 대신 유모차를 끌고 있었구나.

엄마가 잦은 결막염을 호소할 때도, 귀담아듣지 않
았다. 만약 내가 아팠다면, 엄마는 어떻게 하셨을까.
갖은 잔소리로 병원에 보내지 않았을까. 들들 볶으며
내 눈을 낫게 하려 했을 것이다. 엄마는 나를, 나는 내
자식을…. 누가 시킨 것도 아닌데 자연스럽게 몸과 마
음이 먼저 반응을 한다. 그 모정에 한평생 자식을 걱
정하고 또 애를 쓰며 산다.

처음에는 그랬다. 받은 만큼 효도로 되돌려 주지 못
함에 늘 죄송했다. 부모님보다 자식 챙기기에 급급한
나에게 화도 났다.
"내리사랑이 틀린 말이 아니야. 자연스럽게 되는 거
야. 자식한테는 다 퍼주면서 울 엄마한테는 그게 안
되더라. 돌이켜보면 네 외할머니 마음이 다 이해가 되
는데, 그땐 왜 그렇게 매일 싸웠는지 모르겠다."

평생 시장에서 고생만 하신 외할머니는 장사를 그
만둔 후 몸이 더 안 좋아지셨다. 위장병에 관절염도

심하셨는데, 어느 순간 시력마저 조금씩 잃게 되었다. 그래서일까, 화장실을 가다 낙상을 당하셨고 그 후 온종일 집안에 누워있게 되었다. 그리고 그 때부터 할머니의 우울증은 날이 갈수록 심해졌다.

"내가 그때 좀 더 살폈어야 했는데, 네 외할머니의 짜증에 덩달아 화만 냈었다."
엄마는 늘 후회가 된다고 했다. 외할머니를 자주 병원에 모시고 가지 않은 것, 할머니의 고집에 자주 언성을 높인 것, 파스 좀 그만 바르라고 잔소리를 한 것.

그 내리사랑을 인정하고 나서야 나의 죄책감도 조금 덜어지는 듯했다. 어쩔 수 없는 거구나. 그런데 왜 우리는 항상 떠나고 나서야 그 소중함을 알까. 그리움에 사무칠까. 평생 후회 속에서 살까. 매번 부모님께 잘해야지 다짐하지만 어느 순간 잊어버리고 만다. 노력을 하고 애를 써야 내가 받은 사랑의 1/100 정도 돌려드릴 수 있을까.

하지만 이제는 미안함 대신 조금씩 노력을 해보려

고 한다. 종종 엄마의 팔짱을 끼는 딸이 되어보자고. 오늘은 뭉친 어깨를 풀어 드려야지. 돈을 많이 벌어서 해외여행도 보내 드리고 예쁜 옷도 사드려야지. 그러기 위해서는 오늘 하루도 열심히 살아내야지.

내리사랑은 어쩔 수 없다. 하지만 오늘 내가 할 수 있는 오름 사랑을 실천해 보는 건 어떨까. 매일 다짐한다면 나도 조금은 괜찮은 딸이 될지도 모른다. 두텁고 주름진 엄마의 손을 잡고 건네는 따뜻한 말 한마디, 어쩌면 엄마는 그 하나로 충분하다 하시지 않을까.

▶ 엄마에게 할 수 있는 생활 효도

1. 칭찬

엄마들도 칭찬을 좋아한다는 것 아시나요? 저는 칭찬에 서툰 사람인데요, 칭찬을 잘하는 사람을 보면 참 부러웠습니다. 그런 사람들은 늘 인기가 많거든요. 하루에 하나씩 가족들에게 의도적인 칭찬을 던져보면 어떨까요. 조금씩 연습하다 보면 어느새 칭찬이라는 습관이 내 안에 장착되리라 확신합니다.

2. 안마

남동생은 결혼 전에 늘 엄마께 안마해 드렸습니다. 사실 저는 그럴 힘도 체력도 안 되기 때문에 몇 년 전 큰마음을 먹고 안마의자를 들였습니다. 안마의자는 엄마의 지친 하루를 토닥여주는 고마운 효자입니다. 저 또한 온몸이 뻐근할 때는 안마의자에 앉아 고단했던 하루를 위로받곤 한답니다.

3. 감사의 말

저는 부모님의 사랑과 희생을 늘 당연한 듯 받아왔습니다. 하지만 사십 년이 넘는 시간을 살아내며, 감사함의 표현이 중요하다는 것을 알게 되었습니다. 사실 사이가 가까울수록 그 표현이 쉽지 않은데요. 글이든 말이든 마음속 깊이 있는 그 고마움을 조금씩 표현해 보는 건 어떨까요. 사랑도 고마움도, 표현해야 비로소 상대에게 전해지니까요.

> **오늘의 생존 팁**
> 저도 가족끼리는 감사나 사랑의 표현이 더 쉽지 않은데요. 오늘부터는 애써 칭찬과 고마움의 표현을 한가지씩만 시도해 봐요, 우리.

부모님께 자식의 용돈이란

부모님께 어떤 선물 받고 싶냐고 여쭤본다면 몇 분
은 이렇게 말씀하실지도 모른다.
"그냥 돈으로 다오."

물론 돈으로 살 수 없는 것도 많다. 돈을 얻어도 사
람이나 건강을 잃는다면 모든 것은 무너진다. 하지만
생계를 유지할 돈조차 없다면, 사는 내내 불안할 것이
다. 최소한 건강보다 병원비가 더 걱정되는 상황은 없
어야 되지 않겠는가.

과거 미혼이었던 동생은 계절이 바뀔 때마다 엄마
께 용돈을 보내드렸다. 괜찮은 옷 한 벌 사 입으시라
고. 말은 안 하셨지만 그때마다 엄마는 미소를 감추지
못하셨다. 의미를 더한 용돈은 마음의 표현이고, 건조

한 일상에 활기를 불어넣는다. 어떤 옷을 살까, 어디에 돈을 쓸까. 어쩌면 주변에 그 효도를 자랑하고 싶어 입이 근질근질할지도 모른다.

예전 직장은 바쁜 만큼 상여금이 자주 나왔는데, 다들 입을 모아 말했다. 힘들어 사표를 던지고 싶을 때마다 귀신같이 상여금이 나온다고. 그 돈 덕분에 적어도 일주일은 행복하다고.

나는 어릴 때부터 돈을 많이 벌고 싶었다. 금전적 부족함에서 오는 불안함이 싫었다. 어른이 되어 하루빨리 부자가 되길 원했다. 부모님의 평생을 돈 걱정 없이 살게 해드리고 싶었다. 몇십 년을 생계에 치여 사셨으니 노후는 좀 여유를 가지시길 바랐다.

사실 20대에는 세상 무서울 게 없었다. 열심히 일만 하면 돈을 금방 모을 것 같았고, 없으면 또 벌면 되지 생각했다. 하지만 결혼을 하고 아이를 낳으며 알게 되었다. 가정을 꾸리게 되면 돈 쓸 곳이 생각보다 많다는 것. 목돈이 없으면 불안하다는 것. 내 직장이 영원하지 않다는 것. 살다 보면 예상치 못한 상황이 많이 발생한다는 것.

늘 두려웠다. 그래서 없는 돈조차 움켜쥐었다. 자식에게는 턱턱 돈을 쓰지만 정작 내 아이를 맡아주시는 부모님께는 구두쇠였다. 상품권을 선물 받으면 생활비로 돌렸다. 여유가 없다며 늘 핑계를 대었다. 죄송했지만 그렇게 눈을 가리며 살았고, 미안함은 죄책감으로 자리 잡았다.

'이기적이고 못난 딸.'

스스로 나를 그렇게 정의 내렸다. 나는 아이에게도 부모님께도 늘 미안한 사람이었다.

사실 부모님에게 중요한 건 용돈의 액수가 아닐지도 모른다. 물론 넉넉히 드려 노후를 지원해 드리면 제일 좋을 것이다. 하지만 집집마다 형편이 다른 것도 사실이다. 얼마 되지 않는 금액이라도 애를 쓰는 마음, 그 하나면 충분할지도 모른다. 어쩌면 나는 그 마음조차도 조금 인색했던 게 아닐까.

요즘 아들은 종종 등교할 때마다 나에게 애정 표현을 한다.

"엄마, 사랑해."

"엄마, 밖에 바람 부니까 옷 따뜻하게 입고 나와."

그 한마디에 힘든 오늘을 버틴다. 말 한마디, 작은 표현 하나에 울고 웃는 게 부모이고 가족이다. 부모님께 늘 죄송하다면 오늘 소소하게 마음을 표현해 보면 어떨까. 용돈이든, 선물이든, 편지든 아니면 다정한 말 한마디든 그것이 무엇인지는 중요치 않다. 그 작은 챙김 하나가 오늘 부모님의 하루를 행복으로 가득 채울 것이다.

▶ 어버이날 선물 선호도 조사

1. 용돈 (70.8%)

2. 의류

3. 여행/관광 상품

4. 건강식품

5. 카네이션

▶ 선물과 함께 전달하면 감동이 두 배가 되는 따뜻한 말

핸드폰 메시지도 좋지만 개인적으로는 손 편지를 추천 드립니다. 부모님이 정말 좋아하시더라고요. 마음을 꾹꾹 눌러 담은 정성스런 편지는 늘 감동을 준답니다.

-예쁘게 잘 키워주셔서 감사합니다.

-엄마 덕분에 마음 편하게 일하고 있어요. 늘 감사합니다.

-OO을 잘 돌봐주셔서 항상 고마워요.

-덕분에 OO이 이렇게 잘 크고 있어요.

-항상 건강히 오래오래 제 곁에 있어 주세요. 사랑해요.

-주위를 둘러보아도 우리 엄마가 최고인 것 같아요.

오늘의 생존 팁
용돈은 마음의 온도. 1년 경조사비를 계획할 때 부모님을 위한 용돈 항목을 미리 넣어두면 금전적 부담을 줄일 수 있어요.

게으른 효도법

●
●
●

"나 이것 좀 해줘 봐."

엄마는 가끔 나에게 부탁을 하신다. 각종 회원가입, 검색, 온라인 예약 등등. 컴퓨터 사용에 서툰 남편도 종종 나에게 부탁을 한다. 가끔 귀찮기도 하지만 그저 묵묵히 처리한다. 과거 엄마와 얼굴을 붉힌 경험 때문이다.

"이런 건 혼자서 하는 법도 알아야 되는데. 내가 알려줄 테니 한번 해봐."

그 귀찮음이 극에 달했던 날, 나는 엄마에게 억지를 썼다. 사실 알고 있었다. 내가 알려드려도 연세가 있으신 엄마가 하기에는 힘이 든다는 것을. 떨떠름한 표정의 엄마께 회원가입을 알려드렸지만 어쩐 일인지 연속해서 오류가 났다. 점점 얼굴이 달아오르더니 결국 폭발한 엄마.

"이거 내가 배워도 어떻게 혼자서 하냐. 돌아서면 잊어먹지. 그냥 해 주면 안 돼? 아유, 짜증나. 너는 네 필요할 때만 엄마 찾고."

사실 엄마는 또래에 비해서는 핸드폰을 제법 잘 다루시는 편이다. 온라인 쇼핑도 하고 사진 공유도 척척. 매번 스크린샷을 못해 나에게 물어보시지만 친구들 사이에서는 디지털 똑순이로 통한다. 가끔 친구의 인터넷 쇼핑을 대신해 주기도 하는 그녀. 하지만 그런 엄마에게도 복잡한 회원가입은 버거운 과제이다. 각종 인증의 산을 넘다 보면 성격 좋던 사람도 짜증이 나는 법이다.

그런 엄마에게 나의 억지는 젊음에 대한 유세 정도로 느껴졌는지도 모른다. 엄마가 얼마나 답답했을지 생각지 못했다. 그저 귀찮음이 앞섰을 뿐. 그 후 결심했다. 도움을 받는 만큼 나도 엄마의 고충을 덜어 드려야지. 그래야 마음도 편하고, 엄마와의 관계도 원만하게 유지할 수 있을 것이다. 가정이 화목해야 아이

역시 정서가 안정된 어른으로 자랄 수 있을 거라 생각했다.

아무리 가족이라지만 사람 마음은 다 똑같다. 아낌없이 주는 부모도, 살가운 자식에게 더 잘해주고 싶지 않을까. 아무리 내 자식이라도 미운 말만 한다면 매 순간 곱게 보일 리가 없다.

"너희도 나이 들어 봐라."
부모님들이 자주 하시는 말이다. 나이 드는 일에는 좋은 것이 하나 없다는 엄마다. 눈도 나빠지고, 기억력도 떨어지고, 체력도 예전만 못하다는 것. 하지만 이제는 받은 사랑을 돌려줄 자식들이 남았다.

그렇게 서로의 빈틈을 채우는 게 가족일까. 부모는 나이가 들고 아이들은 점점 성장한다. 나를 챙겨주던 그 손을 이제는 내가 잡아드려야 한다. 업혔던 두 다리로 이젠 내가 업어드려야 한다.

최소한 모나게는 굴지 않는 것, 늘 노력하는 모습을 보여드리는 것, 가끔 좋아하시는 간식을 사다 드리는 것. 그것이 나의 사랑법이다. 받은 만큼 돌려드리지는 못해도, 조금이나마 노력하는 마음 그것이 나만의 게으른 효도다.

▶ 부모님이 자주 부탁하시는 것

회원가입

어플 설치

보험 청구

친구들과의 여행 계획 짜기

카OO톡 사용법

문서 프린트

인터넷 쇼핑 및 교환 환불

식당 온라인 예약

오늘의 생존 팁

핸드폰 사용에 힘들어하시는 부모님의 답답함을 덜어드려요. 우린 더 많은 사랑과 도움을 받아왔고 지금도 받고 있잖아요. 내가 1을 드리면 자신의 전부를 내어주는 존재가 바로 부모입니다.

여행은 종종 함께 가세요

몇 년 전 근무하던 병원에서 있었던 일이다.

"우리 집 애들은 자기들끼리 온 가족 여행을 자주 다녀. 그런데 여행 갈 때는 꼭 자기들만 가더라고."

가끔 관절 약을 타러 오시는 할머니 한 분이 하소연을 하셨다. 본인만 빼고 여행을 다니는 자식들에게 내심 섭섭하셨던 모양이다. 필요할 때는 손주를 맡기며 아쉬운 소리를 하지만, 정작 즐겁고 설레는 여행에서는 부모가 짐이 되는구나 느끼는 걸까.

그리고 몇 달 뒤 소녀 같은 표정으로 다시 병원을 찾은 할머니.

"이번 여행은 다 같이 가자네. 좀 귀찮긴 한데, 가자니 안 갈 수도 없고. 같이 가서 애들 좀 봐달라는 거겠지. 오늘 집에 가는 길에 장도 좀 보고 애들 먹일 것 좀 챙겨야겠어."

말은 그렇게 하셔도, 할머니의 얼굴에는 기쁨이 가득했다. 굳이 묻지 않아도 알 수 있을 만큼. 할머니께 여행 자체는 즐거운 일이 아니다. 사실 부모님 나이대가 되면 친구끼리 가는 여행이 훨씬 재미있다고 한다. 그저 자식들이 함께 가자고 한 그 사실에 행복한 것이다.

올해 초 동생네 아이를 돌보느라 두세 달 집에만 계셨던 엄마. 그때 나는 큰마음을 먹고 몇 년 만의 해외 여행 계획을 짜고 있었다. 하지만 마음을 바꾼 두 가지 이유가 있었다. 첫 번째 이유는 여행 경비가 부담이 되었기 때문이다. 목돈이 없는데 있는 돈을 탈탈 털어 가기가 내키지 않았다. 두 번째는 엄마께 미안했기 때문이다. 당시 엄마는 조카를 봐주느라 여행을 같이 못 가시는 상황이었다. 내가 모시고 가지 않으면 또 언제 여행을 가실까. 돈도 여건도 되지 않을 것이다.

"해외여행은 다음에 가기로 했어. 돈도 더 모아야 되고, 엄마 아빠 모시고 다 같이 갈려고."

그 순간 나는 보았다. 내심 반가워하시는 엄마의 표정을.

그래서 해외여행을 미루었다. 엄마의 조카 육아가 끝나고 금전적 여유가 생기면, 그때 다 함께 가기로. 사실 여행을 모시고 가면 내가 도움받는 부분이 더 많은 것도 사실이다. 아이 케어도 이리저리 물품을 챙기는 것도 손이 빠르고 야무진 엄마 덕분에 수월하다.

여행을 보내드리는 것도 좋지만, 가끔은 육아 도움을 주시는 부모님과 함께 가는 대가족 여행을 추천드린다. 부부와 아이들이 함께 가는 소규모 여행 사이에 부모님을 모시고 가는 대가족 여행을 추가해 보자. 꼭 해외여행이 아니라도 상관없다. 요즘은 국내도 좋은 곳들이 차고 넘친다.

"아니다. 너희끼리 다녀오너라."

말은 그렇게 하셔도 속으로는 기뻐하고 계실 것이

다. 또는 주변에 자랑할지도 모른다.

"애들이 글쎄, 또 같이 여행을 가자네. 귀찮긴 한데, 애들 봐주러 가야지 뭐."

▶ 대가족 해외여행 시 고려할 부분

1. 이동 수단이 편하고 이동시간이 짧은 곳으로

: 장시간 이동은 연세가 있으신 부모님이나 나이가 어린 아이들에게 힘든 일입니다. 또한 해외여행의 경우 국내보다 이동시간이 길 수밖에 없으므로, 최대한 직항으로 갈 수 있는 곳을 선택하는 것이 좋습니다. 또한 대가족의 경우 일단 공항까지 가는 것도 진이 빠지기 때문에 콜벤 등을 예약해 출발부터 편안하게 쉬면서 이동하는 것을 권장합니다.

2. 숙소가 중심가와 멀지 않은 곳

: 보통 여행을 가면 숙소 외부에서 식사를 하는데요. 숙소가 중심가와 너무 멀면 이동시간이 길어지게 됩니다. 가능하면 중심가와 가까운 곳에 숙소를 잡거나 렌터카를 빌리는 것도 좋은 방법이고요. 셔틀 지원이 되는 숙소를 알아보는 것도 추천해 드립니다.

3. 음식이 입에 맞지 않을 경우를 대비한 전자레인지 간편식, 진공포장 또는 통조림 제품 챙겨가기

: 부모님들은 생각보다 이국적 음식에 적응을 못 해서 새벽에 먹을 것을 찾기도 하시더군요. 전자레인지로 조리가 가능한 밥과 국 또는 참치 캔, 통조림 장아찌, 진공포장 김치, 김, 컵라면 등을 챙겨 가시길 권합니다. 그리고 숙소 안에서 사용할 젓가락, 비닐, 종이컵, 접시 등 일회용품을 미리 준비해 간다면 편리한 여행에 도움이 되지 않을까 합니다.

오늘의 생존 팁
부모님과의 여행은 효도가 아닌 추억의 적립이에요. 모시고 함께 갈 수 있을 때 많이 저축해 두자고요.

4장.

불안한 밤

-아이도 엄마도 자라고 있어요-

언니의 한마디

**"아이도, 엄마인 나 자신도 믿어줘.
우리는 함께 성장하는 중이니까."**

외동, 언제까지 놀아줘야 하나요?

⋮

"아빠, 로봇 놀이 하자."
"엄마, 놀이터 나가자."

외동은 계속 놀아줘야 한다더니, 정말 틀린 말이 아니었다. 형제가 있으면 같이 놀면 되지만, 외동인 아들은 쉴 새 없이 놀아줘를 외쳤다. 퇴근 후 기력이 없는 우리 부부에게 육아 갈등의 대부분은 놀이 갈등이었다. 놀아줘에 누가 먼저 지원할 것인가.

아이가 원하는 놀이 파트너는 주로 남편이었다. 하지만 컨디션이 좋지 않거나 유난히 직장일이 힘들었던 날은 남편의 신경도 온통 곤두서있었다.
"오늘은 아빠가 힘들어서 안 돼."
남편이 거절하면 놀이 육아는 온전히 내 몫이 되었

다. 그나마 집에서는 그림을 그리거나 장난감을 돌려가며 버틸 수 있었다. 하지만 놀이터에 가자는 순간, 육아의 난이도는 두 단계 올라갔다.

당시 새벽 출근과 강도 높은 근무로 나의 체력은 바닥을 치고 있었다. 저녁 식사 후 몰려오는 피로 그리고 졸음과 싸워야 했다. 소파와 눈꺼풀이 합심하여 나를 끌어당겼다.

"바람도 많이 부는데 오늘 저녁은 그냥 집 안에서 색종이 접기 하자."
회유를 해도 소용이 없었다. 엉덩이는 들썩들썩, 끓어 넘치는 남아의 에너지는 이미 놀이터로 향하고 있었다. 버티다 포기를 한 나는 넝마 같은 추리닝 바지로 환복한 후 풀어헤친 머리를 질끈 묶어본다. 어두운 밤이지만 마스크로 얼굴을 가리는 건 필수. 밑창이 닳은 운동화를 질질 끌고 아이의 뒤꽁무니를 따라 길을 나선다.

아차차, 놀이터 가방 세트도 챙겨야지. 물티슈와 비

닐봉지, 과자, 배드민턴 라켓, 비눗방울, 공, 줄넘기, 모기 기피제, 상처 밴드는 늘 가방에 들어 있었다. 시원한 물과 내 텀블러까지 챙기면 비로소 완벽하다. 여름엔 물총과 수건도 필수로 챙겨서 나간다.

나가서 같이 놀 친구가 있으면, 벤치 천국을 맛볼 수 있다. 엄마들과 수다를 떨며 무료함을 떨칠 수도 있으니 일석이조. 하지만 같이 놀 친구가 없다면 나가서도 부모가 같이 놀아주어야 한다. 아이 때문에 축구라도 배워야 하는 걸까. 운동에 소질이 없으니 신나게 놀아줄 수 없고, 놀아주기 자체가 재미없고 답답하기만 했다.

이제 아이는 열 살이 된다. 달라진 것이 있다면 놀이 플러팅 횟수가 줄어든 것. 아이는 혼자 나가서 친구들과 놀기도 하고 나와 함께 나가기도 한다. 몇 년을 살다 보니 놀이터 아이들도 거의 다 아는 얼굴이다. 종종 아이가 어떻게 놀고 있는지 지인들에게 연락이 온다. 때로는 나도 늦게까지 노는 아이는 집에 들여보내기도 한다. 우리는 그렇게 다 같이 아이들을 키우고 지켜낸다.

이렇게 되기까지 몇 년의 시간이 걸렸다. 경기도에서 서울로 출퇴근하는 동생 부부는, 과거의 나보다 더 힘든 시간을 보내고 있다. 새벽에는 출근 준비를, 퇴근 후에는 두 아이를 돌보느라 늘 녹초가 된다. 첫째 때는 교대로 숨을 고를 수 있었지만, 둘째를 낳으며 육아의 난이도는 네 배가 되었다.

나도 아이를 외동으로 키우느라, 놀이 육아를 졸업하는 데 꽤 시간이 걸렸던 게 사실이다. 하지만 시간은 흐르고 아이는 성장한다. 그리고 좀 더 수월하게 이 시기를 넘기는 방법도 알게 되었다. 나와 아이가 둘 다 좋아하는 놀이를 찾는 것, 그리고 아이의 놀이터 친구를 만들어 주는 것이다. 아이가 조금 더 크면 아이가 노는 동안 옆에서 줄넘기라도 할 수 있는 여유가 생긴다. 육아와 운동이 동시에 가능한 것이다.

당신의 육아도 점점 가벼워지길. 이 땅의 모든 부모에게 존경과 응원을 보낸다.

▶ 보통 언제까지 놀아줘야 할까요

저의 경우 아이가 초등학교에 들어가며 놀아주는 횟수가 줄어들었습니다. 한창 아이가 축구에 빠져있을 때는 축구를 하자며 같이 나가자고 하더군요. 하지만 시간이 지나자 자연스레 친구와 어울리게 되었어요.

▶ 아이와 부모 모두 즐거운 슬기로운 놀아주기

1. 함께 즐길 수 있는 놀이를 찾아보세요.

-배드민턴

-공주고 받기

-캐치볼

2. 아이가 노는 동안 운동을 하거나 책을 읽는건 어떨까요.

아이가 어느 정도 크게 되면 옆에서 스트레칭을 하거나, 주변을 돌며 가볍게 러닝을 할 수 있습니다. 앉을 벤치가 있다면 글을 쓰거나 책을 읽는 것도 가능하고요.

3. 놀이터 친구가 많다면 놀아주기를 졸업할 수 있습니다.

아이가 자주 놀이터에 나가다 보면 하나둘 친구가 생깁니다. 친해지면 어느새 아이들끼리 놀게 되고요. 어린이집과 유치원, 학교를 거치며 아이가 아는 얼굴도 조금씩 늘어갑니다.

오늘의 생존 팁

종종 버거울 때도 있지만 자식은 클수록 부모를 찾지 않는다고 하잖아요. 놀아주는 이 시간에 긍정적 의미를 부여해 보자고요.

'다시 오지 않을 이 시간, 너무 소중해.'

'아이 덕분에 나도 운동을 하게 되네.'

자녀와 같은 취미를 갖는다는 건

"엄마, 나가서 배드민턴 치차."

친구와 노는 게 지쳤는지 오늘 저녁은 내가 당첨되었다. 요즘 배드민턴에 꽂힌 아이는 종종 운동 파트너가 되길 요구한다. 솔직히 처음에는 귀찮았던 게 사실이다. 게다가 이번 주까지 써야 할 글이 밀려있었다. 하지만 어쩌겠는가. 배드민턴은 파트너가 없으면 할 수 없는 운동이니.

늘 그렇듯 입던 홈웨어에 초췌한 민낯을 마스크로 가려준 후 현관문을 나선다. 질질 끌고 가는 운동화에서 하기 싫음이 뚝뚝 떨어진다. 하지만 아이와 잔디밭에 섰을 때 그리고 몇 번 공을 주고받은 후 왠지 모를 개운함이 밀려왔다.

선선한 저녁 바람이 콧등을 스치고, 어둠 너머 달빛이 제법 운치 있었다. 아이는 공을 잘 치지는 못해도 마냥 즐거운 표정이었다. 주위를 둘러보니 꽤 많은 사람들이 운동을 하고 있었다. 달리기를 하는 청년, 줄넘기를 하는 아이, 나란히 걷는 노부부 등….

'와, 다들 저녁에 운동을 열심히 하고 있었구나.'

아이 덕분에 오늘 저녁은 나도 운동을 하는 부지런한 사람이 되었다.

"너무 재밌어."

아이는 신이 나서 소리 질렀다.

'우리 아들이 벌써 엄마랑 운동할 수 있는 나이가 되었네.'

대견하고 참 다행이라 생각했다. 아이와 함께 할 취미가 적어도 하나는 있어서.

사실 지난주에는 롤러장에 가자는 성화에 못 이겨 온 가족이 집을 나섰다. 아이는 가는 내내 잔뜩 들떠 있었다. 더운 날씨에 땀을 뻘뻘 흘리며 찾아간 롤러장. 지하였지만 꽤나 넓고 쾌적한 분위기였다.

'와, 매점과 카페에 코인 노래방까지 있네.'

울려 퍼지는 레트로 음악에 맞춰 내 심장도 함께 두근거리기 시작했다. 마치 타임머신을 타고 어린 시절로 돌아간 느낌이라고 해야 할까. 티켓을 결제하려는 순간, 갑자기 고민이 시작되었다.

'나도 한번 타 볼까?'

재미있어 보이기도 했고, 열심히 연습해 아이에게 알려주고 싶었다. 또한 누군가 함께 타면 아이가 더 좋아하지 않을까 생각도 들었다.

"엄마도 같이 탈게."

아이는 자주 넘어졌지만 타는 발놀림이 제법 자연스러웠다. 하지만 나는 엉거주춤, 뒤뚱거리며 롤러장을 기어다니고 있었다. 그러다 철퍼덕, 기어이 엉덩방아를 찧고 말았다.

"엄마, 괜찮아?"

넘어진 나를 걱정하는 아들. 밀려오는 통증과 부끄

러움에 주변을 둘러보니 대부분의 부모들은 앉아 커피를 마시고 있었다. 몇몇은 걸어 다니며 아이를 잡아주거나, 선수급으로 노련하게 타는 부모들이었다.

"응, 괜찮아. 너는 이제 제법 잘 타네. 이따가 저쪽 코스도 함께 가볼까?"
도전하는 모습을 보여주고 싶었다. 사실 어릴 적부터 롤러를 잘 타는 친구들이 부러웠다. 그 당시에는 강습 같은 것도 잘 몰랐고, 시멘트 바닥의 공원에서 걷듯이 몇 번 타본 게 전부였다. 그래서일까, 더 연습해서 잘하고 싶었다. 또한 함께 타보면 조언하고 공감할 수 있는 부분들이 있을 듯했다.

다음날, 근육통으로 고생했지만 즐거운 추억 하나를 또 만들었다. 이다음에는 미리 타는 방법을 공부한 후 아이에게 알려줄 생각이다.

자녀와 같은 취미를 갖는다는 것, 나의 노하우를 알려줄 수 있다는 것, 함께 즐길 수 있는 무언가가 있다는 사실에 뿌듯했다. 그리고 결심했다. 내가 너의 운동 메이트가 되어 주겠노라고. 함께 운동하다 보면 스트레스도 풀리고 대화할 수 있는 부분들이 더 많아지지 않을까. 적어도 방구석 부모가 아니라 함께 뛰는 부모가 되어야지 그렇게 다짐을 해본다.

▶ 자녀와 함께 할 수 있는 취미

배드민턴, 롤러 또는 인라인스케이트, 줄넘기, 축구, 농구, 자전거 타기, 통기타, 피아노, 그림 그리기 등

▶ 자녀와 함께 운동을 하면 좋은 점

-함께 하는 시간이 많아지고, 대화거리가 늘어난다.

-운동을 같이 하며 유대감이 생긴다.

-내가 알고 있는 부분을 알려줄 수 있다.

-게으른 나도 운동을 하게 된다.

오늘의 생존 팁

아이가 좋아하는 활동을 함께 한다면 깊은 유대관계를 형성할 수 있습니다. 요즘 저는 러닝을, 아이는 자전거를 타는데요. 왠지 든든한 운동 친구가 한 명 생긴 기분이 듭니다.

매일 함께 놀 친구를 찾아요

●
●
●

"S한테 전화해 볼까?"

아이는 오늘도 함께 놀 친구를 물색한다.

"전화하지 마, 지금 저녁 식사 하고 있을 거야."

"그럼 다른 친구한테 전화해야지."

"전화 그만해. 혼자 놀아도 되잖아."

"그럼 아빠가 놀아줘."

혼자 자전거라도 타면 좋겠는데, 아이는 늘 함께 놀 친구를 찾는다. 친구가 없으면 재미가 없다나. 물론 그 마음을 이해 못 하는 건 아니다. 하지만 신이 나서 나갔다 친구가 없으면 풀이 죽어 들어오는 모습, 심심하다며 칭얼거리다 결국 게임을 하는 모습이 보기 싫다. 사실 그러면 부모가 함께 나가 놀아주는 게 맞긴 하다. 그럼에도 저녁 식사 후 몰려오는 피로 앞에서,

남편과 나는 말 없는 눈치 싸움을 하게 된다.

아이는 우리 부부와 다르게 매우 외향적인 성향을 타고났다. 친구를 좋아하고 활달하며 장난기도 많은 편이다. 나에게 없는 붙임성이 반갑지만, 혼자만의 시간도 잘 보낼 수 있는 사람으로 성장하길 원했다.

오늘따라 다들 바쁜지, 아이는 결국 함께 놀 친구를 찾지 못했다. 잔뜩 내려간 두 어깨를 보니, 문득 예전에 읽었던 책의 한 구절이 생각났다.

오늘따라 다들 바쁜지, 아이는 결국 함께 놀 친구를 찾지 못했다. 잔뜩 내려간 두 어깨를 보니, 문득 예전에 읽었던 김익한 교수님의 「파서블」의 한 구절이 생각났다. 기록은 혼자서도 충만할 수 있는 힘을 길러주어 타인과 건강한 거리를 유지하며 관계 맺게 한다는 것. 책에서는 이런 유형을 '쿨 트러스트 인간'이라고 불렀다.

나는 아이가 책에서 말하는 쿨 트러스트 인간으로

자라길 바랐다. 사실 나 또한 20대에 사람을 좋아했다. 나의 20대는 온통 사모임으로 가득했다. 약속이 없으면 약속을 만들었다. 음주를 즐겼고, 늘 주목받길 원했다. 술자리에 나오라는 전화가 오면 마냥 뿌듯하고 행복했다. 내가 괜찮은 사람으로 인정받는 것만 같았다.

하지만 그 끝은 허무함이었다. 그렇게 휘청대다 보니 커리어의 성장도 더뎠고, 삶의 방향성은 늘 모호했다. 자주 만나던 지인들은 하나둘씩 결혼을 하며 연락이 뜸해졌다. 나에게 남는 거라곤 늘어난 배 둘레와 빈 통장뿐이었다. 돌이켜보면 그 당시엔 인생의 뚜렷한 목표가 있는 건 아니었다. 막연히 성공하고 싶다, 잘 살고 싶다, 몸값을 높여야겠다는 정도였다.

친구 그만 찾으라고 수없이 말해도 대답만 잘하는 우리 집 아홉 살. 한 살 두 살 나이를 먹게 되면 너도 깨닫게 되겠지. 친구와 신나게 놀지만 혼자만의 시간도 가득 채울 수 있는 사람이 되어야 한다는 걸.

며칠 전 저녁, 내 표정을 살피던 아이가 슬그머니 와서 말했다.

"너무 걱정 마. 엄마도 저번에 나한테 이렇게 말했잖아."

"걱정거리 없는데, 잠시 피곤해서 표정이 안 좋았나 보네. 그때 엄마가 뭐라고 말했었지?"

아이는 잠시 생각하더니 또박또박 말했다.

"너무 걱정하지 마. 엄마는 항상 네 편이야. 이렇게 말했어."

내가 한 말들을 다 기억하고 있구나. 뭉클하고 뜨거웠다. 아이가 삶의 주인이 되도록, 귀에 딱지가 앉게 말해주어야 한다. 네가 얼마나 소중한지, 사랑스러운 존재인지. 그리고 너의 뒤엔 항상 믿어주는 부모가 있다는 사실을. 그럼 이이도 자신을 사랑하는 사람으로, 혼자인 시간도 행복한 사람으로 성장할 수 있지 않을까. 그리고 시간이 지나면 아이에게도 기록 습관을 만들어주고 싶다. 다이어리를 쓰고 공부의 기록을 모으며 매일의 성장을 확인할 수 있게.

"OO야, 지금 놀이터야? 나도 나갈까?"

오늘도 아이는 친구에게 전화를 한다. 사실 나도 알고 있다. 혼자보다는 함께 노는 것이 더 재미있다는 사실을. 이제는 똑같은 잔소리보다는, 아이의 심심함을 채워줄 또 다른 친구를 만들어줄 차례이다. 책이든 만들기든 그 무엇이든.

▶ 자녀가 유난히 친구들과 노는 걸 좋아하나요?

「부모가 함께 자라는 아이의 사회성 수업, 이영민」을 읽으며 알게 되었습니다. 내 아이는 관계에서 에너지를 얻는다는 사실을. 그 기질을 인정하는 순간 아이가 조금씩 이해되기 시작했습니다.

오늘의 생존 팁
사람을 좋아하는 아이, 약점이 아니라 그 친화력이 힘이 될 수도 있습니다.

걱정이 많은 아이

●
●
●

"엄마, 합기도 그만두면 안 돼?"

그날이구나. 나는 직감했다. 승급 심사 날만 되면 아이는 합기도를 그만두고 싶다고 했다. 이유는 하나였다. 심사에서 떨어질까 봐, 실수할까 봐 그 사실이 두려운 것이다. 학교 단원평가는 1도 관심이 없더니 왜 심사에만 유독 예민한 걸까.

사실 그 마음을 모르는 것은 아니다. 어릴 적 나도 예체능 실기시험이 있으면 일주일 전부터 엄청난 스트레스를 받았다. 특히 무용의 경우는 동작 암기도 어려웠고 타고난 몸치였던 나에게는 최악의 과목이었다.
"한 줄씩 일어나서 해보자."
간혹 몇 명씩 일어나서 동작을 해야 할 때는, 민망함 때문에 쥐구멍에 숨고 싶은 기분이었다.

어설픈 거울 속의 내 모습, 인정하기 힘들었다. 마음은 핑클이지만 몸은 풍선 인형이었다. 게다가 동작 암기가 어려워 늘 앞사람 뒤통수만 보았다. 그래서 예체능 시험 일주일 전부터 늘 울상이었다. 사실 긴장을 하며 시험을 쳐야 하는 그 상황이 싫었던 것 같다. 걱정이 많았고 잘하고 싶었다. 나의 그런 성향을 물려받은 걸까, 아니면 육아를 하며 나의 불안함과 걱정이 전달된 걸까.

"체육관에서 매달 하는 심사는 그렇게 부담가질 필요가 없어. 웬만하면 다 합격하는 거야."
"그래도 걱정돼. 검은 띠만 따면 합기도 끊을래."
연습을 하면서도 눈물을 흘리는 아이에게 오래 다니라고 강요는 할 수 없다. 자녀가 호신술 하나는 꾸준히 배웠으면 하는 부모와 승급 심사에 스트레스를 받는 당사자.

다른 집 아이들은 너무 느긋해서 탈이라는데, 우리 집 녀석은 종종 나를 재촉하기도 한다.

"엄마, 지각하겠어. 빨리 좀."

그리곤 아침마다 확인 작업을 한다. 핸드폰을 가방에 넣었는지, 텀블러가 열려 물이 새는 건 아닌지. 아이의 예민함과 걱정 안에서 종종 발견하는 나의 모습.

그럴 때마다 나는 아이에게 말한다.

"그래, 확인하는 건 좋아. 그런데 텀블러에서 물이 새고 핸드폰을 안 들고 가도 생각보다 큰일은 일어나지 않아. 핸드폰은 내일 다시 잘 챙기면 되고, 가방은 방수 처리가 되어있어 괜찮아."

긍정적인 사실은, 점점 확인 횟수가 줄어들었다는 것. 분기마다 나를 괴롭히던 아이의 심사 스트레스도 확실히 그 정도가 덜해졌다. 게다가 다음 달에 있을 검은 띠 승급 심사는 제법 의연히 준비를 하고 있다. 얼마 전에는 본인처럼 심사 스트레스를 받는 친구에게 조언도 해주었다고 한다.

"너무 걱정하지 마. 그냥 열심히 연습한 건지 확인하는 것뿐이야."

그런 아이의 성장이 기쁘고 고맙다.

"심사에 떨어지면 다시 도전하면 되지. 걱정한다고 해결되지 않아. 그러니 너무 걱정하지 마. 네 힘으로 할 수 없는 건 놔두고 네가 할 수 있는 것만 열심히 하면 돼."

이제는 안다. 이 모든 것이 다 나 자신에게 하는 말이라는 것을. 나 역시 부모로서 내가 할 수 있는 것에만 집중하면 된다. 건강한 마음으로 자녀를 여유 있게 대하기. 해결할 수 없는 문제를 너무 싸매고 있지 않기. 심리서와 육아서를 적당히 참고하여 나만의 육아법과 멘탈 관리법을 확립하기.

부모가 아이의 모든 걱정을 해결해 줄 수는 없다. 하지만 일부분을 가지 칠 수 있는 나만의 방법을 알려 줄 수는 있지 않을까.

"사실 엄마도 그런 걱정을 할 때가 있어. 우리 조금씩 걱정하는 횟수를 줄여 보자. 사실 불안한 일들은 늘 우리랑 함께해. 모든 상황이 완벽하게 안전할 수는 없어. 그래서 걱정해 봤자 불안한 일들이 전부 해결되

지는 않아. 걱정하는 대신 내가 할 수 있는 최선을 다
하고 대비를 하면 되는 거야."

  걱정을 물리치는 게 아니라, 삶의 불완전함을 인정하
는 것. 그래서 걱정을 적당히 내려놓는 것. 이것이 오
랫동안 걱정으로 살아온 내가 얻은 인생의 노하우다.

▶ 걱정이 많은 아이, 나 때문일까요?

「불안이 많은 아이, 이다랑」에서는 아이의 불안을 단순히 부모
탓으로만 보기 어렵다고 합니다. 불안은 여러 요소가 맞물려 생
겨나기 때문이죠. 다만 부모가 아이의 마음을 이해하고 적절히
반응할 때, 아이는 정서적인 지지를 얻게 된다고 합니다.

> **오늘의 생존 팁**
> 잡념으로 불안한 마음이 들 때 운동을 하거나
> 걱정에 대해 메모해 보는 것도 도움이 됩니다.
> 생각이 정리되고 마음이 한결 가벼워지거든
> 요. 때로는 걱정의 원인과 해결 방법까지 발견
> 하게 될 수도 있습니다.

맞지 않는 친구 대처법

●
●
●

"엄마, OO집에 놀러 가자."
"안 돼. 너희 맨날 싸워서."

놀이에도 궁합이 있다는 사실을 아는가. 엄마끼리
친해도, 아이들이 자주 싸운다면 그 관계는 지속되기
쉽지 않다.

엄마로서 만난 관계는, 생각보다 더 미묘하고 까다
로운 게 사실이다. 자녀끼리 비교가 되기도 조바심이
나기도 한다. 때로는 괜한 소외감에 전전긍긍할 수도
있다. 가깝다가도 멀어지고 멀다가도 가까워진다. 게
다가 아이들의 다툼으로 인해 엄마의 마음에도 상처
가 생긴다면 그 관계는 조금씩 균열이 생기기도 한다.

나는 사실 아이들의 다툼에 크게 신경을 쓰지 않는
편이다. 서로 싸워서 토라지고 하는 경우를 제외하고
는 말이다. 하지만 어느 순간 나의 무신경함을 깨닫게
되었다. 상대편 엄마는 큰 스트레스를 받고 있다는 사
실을 알게 되었기 때문이다.

P와 내 아이는 1년 전만 해도 함께 공원도 가고 집에
도 놀러 갈 정도로 친한 사이였다. 하지만 어쩐 일인
지 만나기만 하면 티격태격을 반복했다. 잘 놀기도 했
지만 종종 아이의 장난에 친구인 P가 부정적인 반응
을 보였다. 재미있자고 한 장난이라도 상대방이 싫어
하면 그건 더 이상 장난이 아닌 것이다.

"친구가 싫어하는 장난이나 말은 괴롭힘이야. 싫다
고 하면 하지 마."
수없이 타일렀던 지난 시간들. 이제는 아이도 머리가
컸는지, 그 자리에서 말을 하면 일단 조심을 한다. 말이
든 행동이든 적어도 3초 안에 같은 행동이 반복되는 일
은 없다. 그래도 늘 신경이 쓰인다. 장난의 합이 맞지
않다면, 상대가 그 장난이 싫다면 하지 않는 게 맞다.

함께 저녁 식사를 하게 된 어느 날, P의 엄마가 나지막이 말을 꺼냈다.

"많이 고민해 봤는데요. 아이들이 만나면 자주 싸우고 우리는 신경 쓰고 화를 내게 되잖아요. 무한 반복인 것 같아요. 그냥 당분간은 애들 빼고 우리들만 봐요. 우리는 만나면 재미있고 즐겁잖아요."

그녀는 아이들의 다툼에 꽤 스트레스를 받는 모양이었다. 사실 나도 신경이 쓰인 건 사실이다.

처음에는 그 말에 가슴이 쿵 내려앉았지만 이내 그녀의 결단에 고마운 마음이 들었다. 물론 어른끼리도 의견차이나 갈등이 생길 수도 있다. 하지만 아이들보다 성숙하기에 슬기롭게 조율해 나간다. 서로가 바라는 부분을 알고, 싫어하는 부분을 건드리지 않기 위해 노력한다. 적어도 선을 지킨다. 상대가 듣고 싶어 하는 말을 해준다.

하지만 아이들은 다르다. 아직은 하고 싶은 말만 하고 배려와 존중이 서툴다. 그래서 간혹 아이들의 대화를 듣다 보면 순간순간 놀랄 때가 있다. 악의가 있어 서라기보다 아직 사회화가 덜 되었다고 해야 할까.

시간이 흐르면 아이들의 다툼도 줄어들 것이다. 나는 그조차 성장하는 과정이라고 생각한다. 부딪히다 보면 모가 난 부분도 둥글게 변하고 어울려 살아가는 어른으로 성장하지 않을까.

요즘 아이는 종종 나에게 알려준다.
"나 오늘 P한테 가서 미안하다고 말했어."
"나 요즘은 P랑 하이파이브도 하고 친해."

반년이 지난 요즘은 P를 만나도 싸우는 일이 적다. 친구가 싫다고 하면 사과를 하거나 그 행동을 멈춘다. 두 아이는 시간이 지날수록 적절한 선을 지키며, 더욱 좋은 관계를 유지하지 않을까.

인기 많은 리더로 자라면 제일 좋겠지만 그 또한 내 욕심일지도 모른다. 단지 바라는 것은 내 자녀가 타인과 잘 어울려 살아가는 것이다. 다른 이를 배려하고,

내 의견도 분명히 말할 수 있는 단단한 사람. 조금 더 욕심내자면 인간관계에서 현명하고 지혜로운 사람이 되는 것이다.

타인과 마찰이 있더라도, 그 안에서 배우고 해결해 가는 성숙한 어른이 되어가길. 부모가 그리고 사회가 아이들을 올바르게 이끌어주어야 한다. 그 성장 과정에 든든한 버팀목이 되어주어야 한다.

▶ 친구 관계를 잘 맺기 위해 아이들에게 필요한 것

「부모가 함께 자라는 아이의 사회성 수업, 이영민」에서는 말합니다. 친구 관계는 정답이 없다고. 중요한 것은 상대의 기분과 거리를 읽는 감각과, 관계에서 생긴 감정을 다루는 힘이라고 합니다.

오늘의 생존 팁
아이들의 다툼과 갈등 또한 성장의 한 과정입니다. 시간이 지나면서 눈치가 생기고 친구와의 갈등을 해결하는 방법을 배우게 됩니다.

엄마도 아이도 성장 중입니다.

⦁
⦁
⦁

집집마다 육아 방식은 틀리고, 전문가들의 의견도 가지각색이다. 또한 50년 전과 현재는 분명 차이가 있다. 나는 어느 한 가지 방식이 반드시 맞다고 생각하지 않는다. 중요한 사실은 우리 모두 아이가 잘 자라길 바란다는 것이다.

어떤 집은 아이의 자립심을 위해 어릴 때부터 용돈 관리와 심부름, 분리수거 등을 시키기도 한다. 또 다른 집은 아이들을 매우 자유로운 분위기에서 양육하되, 훈육을 할 때는 따끔하게 지적을 한다. 아니면 나처럼 게으른 엄마라서 아이 혼자서 할 수 있게 일찍부터 가르치기도 한다. 고양이 세수에 종종 눈곱도 안 떼고 나오지만 확인 후 다시 씻기면 그만이다.

하지만 내 아이의 부족한 점을 발견하면 우리는 흔들리기 시작한다. 종종 땅굴을 파고든다. 친구 관계가 원만하지 못할 때에는 더더욱 조급함이 밀려온다.

'내가 무얼 잘못 가르친 걸까?'

아이의 성격과 단체생활에 대한 적응력, 주위의 평판, 성적 등이 부모의 육아 자존감과 직결된다. 내가 잘하고 있는 걸까, 내 육아가 부족한 건 아닐까.

나도 한때는 아이가 삶의 유일한 아웃풋이었다. 아이의 행동과 말 하나하나에 의미를 부여했다. 내 육아가 부족한 건 아닌지 조바심이 났다. 하지만 뒤늦게 알게 되었다. 아직 아이들은 익지 않은 과일과 같다는 것을. 가끔 네가 성장기에 있다는 사실을 망각하고 있었는지도 모른다.

얼마 전 퇴근길에 아이로부터 전화가 왔다.

"엄마, 나 K랑 아파트 키즈룸에서 놀다 올게."

K는 유치원 때 종종 투닥거렸던 친구다. 진지한 편이었던 그 아이는 아들의 장난스러운 말투를 싫어했

다. 그래서 나는 아이에게 늘 이야기했다.

"K는 장난스런 네 말투를 안 좋아하는 것 같아. 그러니 그런 말 하지 마."

그런데 9세가 된 지금은 싸우지 않고 제법 잘 지낸다고 한다. 궁금한 나는 아이에게 물었다.

"이제는 K랑 안 싸워?"

그러자 아이가 대답했다.

"응, 안 싸워. 이제는 장난 안 해. 싫어하니까 안 해."

7세 때는 그렇게 말해도 고쳐지지 않더니…. 수많은 교우 관계를 통해 스스로 습득을 하는 것이다. 학교에서도 옳고 그름을 잘 지도해 주신다. 친구가 싫어하는 일을 하면 안 된다는 것, 그래야 친구와 재미있게 놀 수 있다는 사실을.

이제는 친구에게 종종 먼저 사과를 한다. 물론 타고난 기질이라 바꿀 수 없는 부분도 있다. 하지만 포기하지 않고 일관되게 훈육하면 아이 안에서도 조금씩 변화가 생길 것이다. 눈에 보이지 않는다고 좌절은 금지다.

아이는 아이의 속도대로 자라고 성장한다. 엄마도 아이와 함께 성장한다. 나 역시 작년보다는 아이의 말에 쉽게 흔들리지 않는 엄마가 되었다. 과한 걱정과 초조함도 줄어 들었다. 내가 엄마로서 할 수 있는 건 아이의 속도를 인정해 주고 발전 가능성을 믿어주는 게 아닐까.

부모의 육아도 아이의 출생과 함께 시작되었기에 아직 부족할 수밖에 없다. 하지만 의지가 있다면 분명 당신의 육아도 아이와 함께 성장할 것이다. 어쩌면 아이보다 훌쩍 커서 아이를 더 크게 보듬을 수 있을지도 모른다.

▶ 제 육아가 잘못된 건지 늘 불안해요

책 수집가인 제가 가장 많이 구매한 책이 바로 육아서입니다. 하지만 아이를 양육하며 알게 된 사실은 육아는 수학 공식이 아니라는 것입니다. 책대로 내 아이에게 적용되면 얼마나 좋을까요.

하지만 늘 변수가 존재합니다. 때로는 기대치와 다른 결과가 나옵니다. 가끔은 나 자신에게 화도 납니다. 그럴 때마다 스스로를 책망했습니다. 나의 끈기 부족이구나, 나의 게으름 때문인가, 나는 못난 엄마야.

지나고 보니 모든 것이 처음이라 더 흔들렸던 게 아닐까 합니다. 작은 어긋남에도 불안했고, 아이의 말 한마디에 걱정이 앞섰습니다. 하지만 이제는 조금 알 것 같습니다. 사랑하는 마음과 성장에 대한 믿음, 더 나은 부모가 되려는 의지가 있다면 아이는 크게 벗어나지 않고 자란다는 것을요. 아직 사춘기라는 산이 남아 있지만, 늘 믿어주는 든든한 울타리가 되리라 다짐하고 또 다짐해 봅니다.

오늘의 생존 팁
우리 조금만 더 믿고 기다려줘요. 아직은 미숙한 아이와 내 육아를 믿고 지지해 주세요

엄마들 모임이 필요할까?

　이 글을 쓰기까지 수많은 날을 키보드 앞에서 머뭇거렸다. 엄마들 모임에 대한 부정적 시선이 많기에 조심스러웠다. 하지만 엄마로서 만난 인연들 역시 내게는 무척 특별해, 용기를 냈다.

　우리의 처음은 아파트 놀이터였다. 아파트도, 유치원도 작아 누가 이사 오면 같은 유치원에 다닌다는 걸 금세 알게 된다. 낯을 가리지만, 몇 마디 나누다 보니 자연스럽게 안면을 트게 되었다.

　네 명이 친해지게 된 계기는 순전히 나의 욕심 때문이었다.
　'친구를 좋아하니까, 함께 도서관도 가고 독서 모임도 하면 책과 친해질지도 몰라.'

그래서 놀이터에서 가끔 보던 엄마들에게 제안을 했다. 그중 세 명이 참여 의사를 보였고, 어린이 독서 모임 단체 채팅방을 만들었다.

우리는 몇 번의 사전 모임을 하며 급속도로 가까워졌다. 모임 이름은 개구쟁이 그림책. 그리고 며칠 뒤, 발대식 겸 친목 도모를 위해 인근 공원으로 피크닉을 갔다. 버스 이동은 생각보다 힘들었지만, 뛰어노는 아이들을 보니 왠지 모를 뿌듯함이 밀려왔다.

독서 모임은 한 달에 두 번, 일요일 저녁 스터디 카페 회의실에서 진행되었다. 엄마들은 돌아가며 모임을 준비했다. 우려와 달리 아이들은 모임만 되면 굉장히 즐거워했다. 너무 들뜬 아이들 때문에 진땀을 빼는 일도 있었다. 주위에 방해가 될까 조심하고 또 조심했다.

도입은 주로 책 제목이나 내용에 관련된 질문 그리고 사진이나 그림으로 시작했다. 낭독에 들어가기에 앞서 호기심을 자극하는 것이다. 아이들은 질문에 관한 답을 유추하고 찾기 위해 고민했다. 책을 낭독한 후에는 퀴즈와 독후활동 시간을 가졌다. 다양한 교구로 만들기나 그림을 그린 후 손을 들어 발표를 했다.

발표를 하거나 참여 태도가 좋으면 칭찬 스티커를 붙여주었다. 당일에 스티커를 제일 많이 모은 아이에게는 사탕이나 젤리로 포상을 했다. 처음에 소극적이던 아이들도 몇 주가 지나자 수줍게 손을 들어 모기만한 목소리로 발표를 했다.

우리는 1시간 중 절반은 독후 활동으로 채웠다. 아이들이 생각보다 만들기와 색칠에 진심이었고, 아직 어린 아이들에게 긴 수업 시간은 버겁다는 판단이었다.

또한 독서 모임 후에는 다 같이 놀이터에서 30분을 놀 수 있게 보상을 마련했다. 그래서일까, 아이들은 일요일만 되면 독서 모임을 기다렸다. 나는 모임 내용을 블로그에 조금씩 기록하고 엄마들에게 공유했다.

모임 준비를 하며 마치 유치원 선생님이 된 기분도 들었다. 비록 리더가 되는 날은 긴장이 되었지만, 끝나고 나면 주체할 수 없는 성취감을 선물 받았다. 아이들이 신나서 발표를 할 때, 독후 활동 작품을 들고 단체 사진을 찍을 때, 마치고 뛰어노는 아이들을 볼 때 그 기쁨은 더욱더 커졌다. 우리는 한 달에 한 번 도서관이나 미술관을 함께 방문하기도 했다.

스터디 카페 회의실 정원이 6명인 관계로 아이들과 함께 들어갈 수 있는 사람은 4명 중 그날의 리더 엄마 두 명뿐. 그래서 나머지 두 엄마는 그동안 어른들의 독서 모임을 열었다. 두 명이서 하는 독서 모임은 생각보다 더 흥미롭고 알찬 시간이었다. 상대편 엄마 역시 책을 좋아하는 분이었는데, 책을 읽으면 종이에 감명 깊은 구절을 정리하는 습관이 있다고 했다. 그녀의 이야기를 들으며 육아서 한 권을 공짜로 읽는 기분이 들었다.

하지만 독서 모임은 일 년을 넘기지 못했다. 일요일 저녁에 모인다는 게 생각보다 쉽지 않았기 때문이다. 주말에 여행이나 다른 일정이 있으면 일요일 저녁 모임이 부담으로 다가왔다. 점점 화려해지는 엄마들의 독후활동 준비에, 다음 차례가 되면 부담이 더해지기도 했다. 하지만 얻은 것이 있다면 아이가 책에 관심을 가지게 되었고, 친한 엄마들이 생긴 것이다.

우리는 모임 관련 회의를 핑계로 저녁 맥주 회동을 가지기도 했다. 사실 아이들 때문에 시작한 모임이라 학교 친구들처럼 100프로 온전히 나를 드러낼 수는 없다.

특히나 아이들과 관련된 부분은, 상대방의 기분이 상하지 않게 늘 조심해야 한다. 지나친 자랑이나 다른 아이를 깎아내리는 언행은 늘 경계해야 한다. 관심이 넘쳐 상대를 불편하게 하는지 잘 살펴야 한다. 그렇게 선을 지켜야 모임은 오래간다. 너무 가깝지도 그렇다고 너무 멀지도 않은 거리. 좋은 관계는 언제나 그 적당함 위에서 유지된다는 걸 다시 한번 알게 되었다.

누군가 엄마들 모임이 필요하냐고 묻는다면? 나는 자신 있게 대답할 수 있다. 반드시 필요한 건 아니다. 하지만 그 안에서 정보를 얻거나 마음의 위로를 얻을 수 있다. 단, 서로의 생각과 선을 존중한다면 말이다.

▶ 엄마 모임을 만들고 싶은데 꿀팁이 있나요

-칭찬과 격려는 엄마들 모임에 윤활유가 됩니다.

-아이들 또는 엄마들의 독서 모임, 뜨개질, 운동 등 함께 할 수 있는 것들을 만들어보세요.

-모임의 주제나 목표가 있다면 더 좋아요.

-친해지다 보면 함께 식사를 하거나 차를 마시게 되는데요. 금전적인 부분은 확실히 하는 게 좋아요. 의논해서 어떤 방법으로 비용을 정산할지 미리 정해두세요.

-사소한 먹거리도 나누면 기쁨은 두 배가 됩니다.

-청하지 않은 조언보다, 묵묵히 들어주고 고개를 끄덕여주는 대화가 필요할 때도 있어요. 사람은 내 이야기를 잘 들어주는 사람에게 호감을 느낍니다.

-적절한 거리와 선을 유지하는 것이 모임을 건강하고 오래 유지할 수 있는 핵심입니다.

오늘의 생존 팁

한 때는 모임에서 너무 많은 것을 나누고 공유
했던 시기가 있었습니다. 그러다 보니 상대에
게 불편함을 주거나 관계에 집착하는 저를 발
견했어요. 외부보다 자신에 집중하며 루틴을
회복한 지금, 저는 조금 더 자유로운 사람이 되
었습니다.

행복한 육아를 위해 필요한 것

．
．
．

'지금 행복한 걸까?'

가끔 자신에게 묻는다. 국어사전에서는 행복을 「생활에서 충분한 만족과 기쁨을 느끼는 상태」라고 정의한다. 또 어떤 이는 「주관적 안녕감」이라고 표현한다. 여기에 따르면 나의 과거 육아는 행복보다 불안과 죄책감에 더 가까웠다.

요리와 집안일에도 소질이 없는데 육아를 야무지게 할 턱이 없었다. 열정적으로 책을 읽어주지도, 단호하게 아이를 훈육하지도 못했다. 여느 엄마들처럼 엄마표 교육을 똑소리 나게 해내지도 못했다. 어쩌면 자식보다는 나 자신의 성장에 더 관심이 많았는지도 모른다.

엄마로서 자신이 없었다. 자신이 없다 보니 육아에

대한 흥미와 열정이 떨어졌다. 늘 불안했다. 아이가 잘 크고 있는 건지, 내가 잘하고 있는 건지.

"네 동생은 진짜 육아에 진심이더라. 새벽에 서울까지 출근하고 와서 힘들 텐데도 애한테 책을 한 시간씩 읽어주는 거 있지."
얼마 전 조카의 돌사진 촬영 때문에 남동생네에 다녀오신 엄마가 하신 말이다.

때때로 반듯하고 교과서 같은 부모들을 볼 때마다 존경심이 우러나온다. 조금은 질투가 나기도 한다. 늘 확신이 없었기에 흔들렸다. 나 너무 허용적인가. 지금 내 육아가 맞는 걸까.

하지만 뒤늦게 알게 되었다. 모든 건 내가 만들어낸 불안이고 죄책감이라는 것을. 지독한 비교 습관이 육아에서도 나타났다. 주변의 엄마들과 내 육아를 끊임없이 비교했다. 나는 왜 저렇게 열정이 없을까. 고민하고 또 고민했다.

하지만 최근 지인으로부터 이 세상 최고의 위로를
받았다. 나의 육아도 괜찮다고, 나도 꽤 괜찮은 엄마
라는 사실을 그녀를 통해 알게 되었다.

"00엄마는 아이를 적당히 잘 훈육하는 것 같아요.
너무 풀어놓지도 그렇다고 너무 붙들고 있지도 않고.
00는 쾌활하고 친구들과도 참 잘 지내더라고요."

그녀의 한마디가 지난 시간을 다 보상해 주는 것 같
았다. 그리고 그녀는 내가 얼마나 근사한 사람인지,
세상에서 가장 귀한 칭찬을 해 주었다.

"저는 그렇게 친한 엄마들이 없거든요. 엄마들 관계
는 늘 조심스러워요. 그런데 00엄마는 참 좋은 사람
같아요. 그래서 마음의 문을 열게 되어요."

그녀를 통해 늘 부족해 보였던 나와 내 육아에 대해
자신감을 얻게 되었다. 물론 개선해야 할 부분도 많지
만 적어도 그리 엉망진창은 아니라는 것. 그녀의 칭찬
에 엄마로서 좀 더 잘 해보고 싶다는 욕심이 생겼다.
다시 생긴 자신감은 지하에 있던 육아와 교육에 대한
의욕을 지상으로 끌어올렸다.

행복한 육아를 위해서는 내 육아에 대한 자신감 그리고 더 좋은 엄마가 되겠다는 열정이 필요하다. 칭찬은 고래를 춤추게 하는 게 확실하다. 고래뿐 아니라 엄마도 춤을 추게 한다. 따뜻한 그녀의 시선 덕분에 불안과 열등감 대신 자신감으로 오늘의 육아를 시작할 수 있을 것 같다.

▶ 저자가 생각하는 행복한 육아에 필요한 세 가지

1. 칭찬과 지지를 아끼지 않는 사람을 가까이하기

어쩌면 우리는 육아를 하며 자주 지적을 받을지도 모릅니다. 각자 자신의 방식이 옳다고 믿고 있으니까요. 때로는 스스로를 남과 비교하며 흔들리기도 합니다. 하지만 엄마로서의 나도 자라고 있잖아요. 그리 쫄거나 기가 죽을 필요는 없습니다. 아직 내 육아도 아홉 살 이니까요. 열 살이 되면 조금 더 성숙하고 단단한 엄마가 되어있을 겁니다. 어쩌면 지금 우리에게는

"너 지금도 잘하고 있어."

라는 그 한마디가 필요할지도 모릅니다.

2. 완벽주의 내려놓기

완벽하지 않은 내가 엄마로서 완벽하려고 하니 늘 힘들고 괴로웠습니다. 엄마라고 완벽할 필요도, 완벽할 수도 없는데 말이지요. 오늘 부족해도 괜찮습니다. 필요하면 다음번에 더 잘하면 됩니다. 어차피 육아는 단거리 계주가 아니라 장거리 마라톤이니까요.

3. 집안일과 육아 분담

엄마는 하는 일이 너무 많습니다. 더구나 워킹맘이라면 직장에 집안일에 육아에 정말 몸이 열 개라도 모자라지요. 풀타임 워킹맘인 저는 감사하게도 친정엄마의 도움 덕에 집안일을 덜고, 퇴근 후 아이를 돌보며 글도 쓸 수 있습니다.

하지만 동생네를 보면 정말 철인이 따로 없더군요. 아이가 둘인데다 출퇴근 때문에 부부가 함께 새벽 출근을 하거든요. 대신 둘이서 집안일과 육아를 잘 분담하고, 일주일에 두어 번 도우미 이모님의 도움을 받는다고 합니다. 부부가 적절히 역할을 나누고, 여유가 된다면 외부의 도움을 받는 것도 하나의 방법이 될 수 있습니다.

또한 아이가 클수록 스스로 할 수 있는 부분이 조금씩 늘어납니다. 이제는 혼자 옷도 입고 샤워도 하고 큰일을 본 후 뒤처리도 잘합니다. 로봇교실 가방을 챙기고 종종 본인 간식도 혼자서 챙겨 먹습니다. 학습지도 혼자서 하고요. 솔직히 귀찮아서 아이에게 하나씩 하라고 시켜보는 것도 있지만, 덕분에 아이는 혼자서 할 수 있는 부분이 많아졌습니다. 나누고 분배하면 일은 작아집니다. 우리 조금씩 연습해 보자고요.

오늘의 생존 팁
당신의 주변에는 칭찬과 인정을 아끼지 않는 그 누군가가 단 한 명이라도 있나요?

아이를 변화시키는 단 한 가지

"그 집 아이는 어쩜 그렇게 차분하고 모범생일까요?"
"친구들 사이에서 인기도 많다고 하더라고요."

주변을 둘러보면 이런 아이가 한두 명씩은 있다. 의
젓하고 예의가 바르며 친구들 사이에서 인기가 많다.
흔히들 말하는 엄친아.

우리는 그 부모를 부러워하고 교육과 훈육 비법을
궁금해한다. 그에 반해 내 아이의 부족함이 보일 때
는 패배감에 사로잡히기도 한다. 아이가 변화되길 바
라지만 그 변화는 더디고 어렵기만 하다. 하지만 최근
지인의 아들을 보며 알게 되었다. 아이를 변화시키는
단 한 가지가 있다는 사실을.

지인의 아들인 H는 어릴 때부터 단체생활 적응을 힘들어했다. 종종 돌발행동으로 수업을 방해했고 지인은 학교에 자주 불려 다니곤 했다. 친구들 사이에서는 간혹 함께하기 싫은 친구로 낙인찍히기도 했다. 지인은 아침마다 울면서 기도하고 또 기도했다고 한다.

'너무 허용적인 육아를 한 걸까요? 아니면 제가 돈을 버느라 아이의 어린 시절을 충분히 돌보지 못해서일까요.'

출산 후 한 달 만에 복귀한 학원 운영. 시아버지의 육아 도움을 받았기에, 일을 마치자마자 헐레벌떡 뛰어가야 했던 지난 시간들. 내 아이를 앉혀두고 다른 학원생을 챙겨야 했던 눈물의 세월.

지금 아이의 부족함은 모두 내 탓이구나, 수 없이 자신을 원망했을지도 모른다. 그녀는 늘 죄송하다고 고개를 숙여야만 했다. 혼도 내보고 타일러 보고 붙잡고 울기도 하고. 하지만 시간이 흐르고 그런 아이도 자라고 변한다.

H는 이제 중학생이 되어 학급의 반장이 되었다. 성적이 뛰어난 건 아니지만, 적어도 열심히 공부하기 위해 애를 쓴다. 아직 교우관계로 힘들어할 때도 있지만 그렇게 한발 한발 변화를 위해 노력하고 있다. 달리기 꼴찌만 하던 그 아이는 어느새 훤칠해졌고, 얼마 전 운동회 이어달리기 대표가 되었다.

"달리는 거 동영상으로 찍다가 눈물이 나서 제대로 찍지도 못했어요..."
아이의 긍정적인 변화에 지인은 벅차오르는 감정을 주체하지 못했다고 했다.

"작년에 아이들 첫영성체 교리 시간에 수녀님이 이렇게 말씀하셨데요. 이 형이 이제 너희들의 대표라고. 수녀님이 없으면 이 형의 말을 잘 들어야 된다고. 그 믿음과 지지 덕분에 첫째가 많이 좋아진 것 같아요. 자리가 사람을 만든다고 하잖아요. 수녀님께 너무 감사해요."

그녀는 공(功)을 늘 주변에서 찾는다. 하지만 나는

안다. 수녀님뿐 아니라 그녀 또한 아이를 끝까지 믿어 줬다는 사실을. 이제는 사춘기란 녀석이 찾아와 다시 힘들어하고 있지만 나는 H가 다시 안정을 찾으리라 확신한다. 아이의 곁에는 믿어주는 가족들이 있기 때문이다. 믿어주는 단 한 사람만 있어도 아이들은 앞으로 나아갈 수 있다. 믿음과 지지가 아이를 변화시킨다는 사실, 그것 하나는 분명한 사실임이 틀림이 없다.

▶ 믿어주는 단 한 사람이 되어 주실래요?

지인과 식사 약속을 한 어느 저녁이었습니다. 식당 유리창 너머로 중학교 1~2학년 정도로 보이는 남자아이가 꾸뻑 인사를 했습니다. 과거 그 아이는 거친 행동 때문에 학교에서 평판이 좋지 않은 아이였어요. 그런데 지인만 보면 늘 반갑게 인사를 합니다. 지인은 아이를 보자마자 밖으로 나가더니, 편의점에서 과자를 사 와 아이에게 건네더군요. 궁금한 나는 물었습니다.

"아니, 갑자기 과자는 갑자기 왜?"
"첫째 친구인데 부모님이 일 때문에 퇴근이 늦는 것 같더라고요. 그래서인지 아이가 늘 이 시간까지 집에 안 가요. 다들 저 아이를 날 선 시선으로 보지만, 적어도 믿고 응원해 주는 한 명의 어른은 있어야 할 것 같아서요. 일부러 더 챙기게 되네요."

성장을 믿어주는 사람, 적어도 그 한 명이면 아이들은 조금씩 변하지 않을까요. 그러고 보니 날카롭게만 느껴졌던 아이의 눈빛이 오늘따라 순한 양처럼 보입니다. 내 아이 그리고 내 주변 누군가에게 지지와 응원을 보낼 수 있는 단 한 사람이 되길, 다시한번 저도 다짐을 해 봅니다.

오늘의 생존 팁
자리가 사람을 만들고, 믿음이 아이를 만듭니다.

5장.

다짐의 밤

-일과 육아를 병행하며 나를 찾는 법-

언니의 한마디

"숨 쉴 틈 없는 하루 중에
나 자신을 위한 시간도 잠시 내어줘"

한 줄 일기의 힘

　행복했던 순간을 꼽으라면 대답할 수 있는 사람이 과연 몇이나 될까? 사실 나도 가장 행복했던 순간이 기억나지 않는다. 수능시험을 마쳤을 때, 퇴사를 하고 단기 어학연수를 준비할 때, 임신 사실을 알았을 때…. 잘 모르겠다. 중요한 사실은 행복은 이렇게 큰 이벤트가 있어야만 느낄 수 있는 감정은 아니라는 것이다.

　한때는 나도 오늘의 특별한 기쁨을 만들기 위해 노력했다. 아마 고단했던 하루를 보상받고 싶었나 보다. 그래서 외식이 잦았고, 배달 음식도 종종 시켜 먹었다. 가장 확실하고 즉각적인 보상은 역시 음주와 자극적이고 기름진 음식이었다.

그러다 체중이 훅 불어있는 나를 발견했다. 나는 행복을 찾았던 걸까, 아니면 도파민의 노예였던 걸까. 불어난 체중 때문에 우울해졌고 그 우울함을 핑계로 다시 먹고 마셨다. 그리고 어느 순간 거울 속에 보이는 낯선 여자, 아니 아줌마…. 그건 나였다. 바쁘고 힘들다는 핑계로 더 자극적인 보상을 찾았던 걸까.

일을 쉬고 내 손으로 아이를 등원시키면 나는 행복할까? 잘 모르겠다. 집에서 자기 사업을 하거나, 오전 근무를 하는 친구들이 늘 부러웠다. 아침 운동으로 하루를 개운하게 시작하는 나, 따뜻한 커피와 함께 종일 쓰고 읽는 나, 강사가 되어 열정적으로 강의를 하는 나, 출근을 하지 않고 집에서 일을 하는 나. 모두가 내가 바라고 꿈꾸는 모습이다. 하지만 그런 삶에도 힘들고 어려운 부분은 있으리라 생각은 한다.

현재의 삶이 만족스럽지 않다고, 늘 돈이 없다고, 불어버린 내 모습이 싫다고 항상 불만만 붙잡고 살았다. 그 불만의 끝엔 불행이라는 꼬리표를 달았다. 하루의 귀퉁이 어디에서도 행복을 찾을 수 없었다.

그러다 문득, 다이어리에 뭐라도 써보자 싶은 생각이 들었다. 처음엔 업무 시작 전에 한두 줄 그냥 끼적였다. 슬픈 일, 즐거운 일 그냥 아무거나 적었다. 짜증나는 것들, 떠오르는 의문, 내 기분과 컨디션을 기록했다.

매일 쓰지는 못했지만, 생각이 날 때마다 감정을 기록하고 나에게 질문했다. 그러는 사이 고민과 감정의 이유를 알게 되었고, 하루 안에서 감사할 부분을 찾을 수 있었다.

행복은 대단한 무언가가 아니라, 특별한 것 없는 나의 하루 속에 숨어있다. 찾는 게 아니라 일상에 의미를 붙이는 것이다. 오늘 써야 하는 글을 완성했을 때, 가족들과 둘러앉아 맛있게 저녁식사를 할 때, 단 십 분이라도 읽고 싶은 책을 읽었을 때, 다이어리를 쓰며 하루를 돌아볼 때, 학원을 마치고 온 아이의 통통한 볼에 입을 맞출 때, 땀내 나는 아들의 머리에 코를 비빌 때.

당신의 행복은 어떠한가. 끊임없이 온라인 쇼핑을 하지만 열흘째 쌓아둔 택배는 뜯지 않는가. 매일 맛있는 음식을 찾지만 채워지지 않는 공허함으로 뱃살은 두둑해지고 지갑은 가벼워지는가.

감사의 결과물은 행복이며 더 나아질 수 있다는 희망이 있으면 하루에 활기가 넘친다. 그리고 그 사실을 한 줄 일기를 쓰며 알게 되었다. 매년 다이어리를 사지만 항상 두 달을 넘기지 못했다. 쓰다 보면 늘 반복적인 일정만 적게 되어 흥미가 떨어졌다. 핸드폰 달력에 있는 내용을 그대로 옮겨 적는 것밖에 되지 않았다.

감사는 연습을 통해 감사 습관을 만들 수 있다. 그리고 삶을 바라보는 시각도 조금씩 바뀌게 된다. 사실 좋지 않은 상황에 놓일 때마다 불안과 부정적인 생각이 먼저 올라온다. 하지만 이제는 긍정적 단어와 감사의 문장으로 바꾸는 연습을 꾸준히 하고 있다. 종종 찾아오는 위기와 고난 또한 내 성장을 위한 과제라고 생각을 하니 감사하지 않은 순간이 없다.

'오늘도 최고의 하루가 된다. 이렇게 출근할 수 있음에 감사하다.'

다이어리의 한 귀퉁이에는 긍정적 변화를 기록함으로써 내일의 희망을 찾는다. 때론 어제의 게으름을 늘어놓기도 한다. 나는 그렇게 나와의 대화를 통해 하루를 만들어가고 있다. 철없는 투정도, 분노도, 불만도, 그 안에서 다시 감사함을 찾는 것도 모두 기록을 통해 가능하다. 매일매일 그렇게 나만의 역사를 써 내려가고 있다.

▶ 당신도 다이어리 유목민인가요

-감사, 감정 일기를 써보세요: 단순한 일정 기록은 스케줄러 그이상 이하도 아니었습니다. 일정 기록만 하다 보면 어느샌가 다이어리에 대한 흥미가 사라지더라고요. 오늘부터 다이어리는 당신의 비서이자 일기장입니다. 그날 감정과 생각, 다짐을 적고 감사할 점을 떠올려보세요. 감사할수록 감사할 일이 따라온다고 하잖아요.

-형식에 얽매이지 않아도 돼요: 하루 한 줄 그냥 끼적인다고 생각해 보세요. 어릴 적 친구와 수다를 떨며 노트에 휘갈기던 낙서처럼 말이지요. 꼭 감사, 칭찬, 반성이 다 들어가지 않아도 좋아요. 오늘은 감사할 일을 적고 내일은 반성할 일만 적어도 상관이 없습니다. 아니면 그냥 지금의 감정을 뱉어내듯 그렇게 빈칸을 채워보세요. 지금 내 기분이 왜 이럴까, 불안한 이유가 무엇인지 그 원인을 찾게 되는 마법을 경험할 수 있을 겁니다.

-다이어리를 쓰는 시간을 정해 놓으세요: 자기 전에 쓰기로 다짐했더니 피곤하면 그냥 누워버리게 되었어요. 그다음부터는 출근 후 업무 전에 작성하기로 계획을 바꿨습니다. 저의 경우는 아침 시간이 하루 중 가장 머리가 맑고 활력이 넘치는데요. 그래서 다이어리 쓰기에는 최적의 시간입니다.

▶ 추천하는 다이어리 일기 예시

'아침에 쓸데없이 아이에게 언성을 높인 것 같다. 요즘은 작은 일에도 화가 난다.'
'몇 달 전부터 아침에 일어나기가 힘이 들고 늘 무기력하다. 이유가 뭐지?

'오늘 드디어 저녁 운동에 성공했다. 이렇게 잠시라도 운동할 수 있음에 감사하다. 상쾌함과 함께 몸도 마음도 가벼워지는 기분이다. 내일은 딱 십 분만 더 뛰어야지.'

오늘의 생존 팁

저는 요즘 네이버 달력 어플에 그때그때 일정을 기록해 두고, 종이 다이어리에 하루를 다시 기획합니다. 네이버 달력은 핸드폰은 물론 노트북에서도 사용할 수 있고, 기기 간 연동도 잘되어 무척 편리하거든요.

당신만의 취미나 취향이 있나요?

●
●
●

어쩌면 행복은 나에 대한 탐색에서 시작할지도 모른다. 내가 좋아하는 것을 알면, 그 좋아하는 것들로 여유시간을 채울 수 있다. 그런데 과연 나는 자신에 대해 얼마나 알고 있을까. 좋아하는 것들에 대해 생각해 본 적은 있는가.

고백하건대 나의 시선은 늘 외부를 향해있었다. 자유롭고 화려한 타인의 삶이 부러웠다. 그래서일까 시도해 본 운동과 취미가 정말로 많다. 피아노, 통기타, 발레, 킥복싱, 벨리댄스, 필라테스, 플라잉 요가 등등….

남들이 좋다고 하면 일단 시작했지만 나와 맞지 않는 부분이 더 많았다. 재미를 못 느끼거나 진도를 따라가기가 버거웠다. 그래서인지 대부분은 열정이 식어 석 달 이상을 이어가지 못했다. 특히나 저녁시간에 장소를 이동해 무엇을 배운다는 게 워킹맘인 내 상황과 맞지 않음을 알게 되었다. 시간을 내기도 부담스럽고, 쏟을 에너지 또한 부족했다.

당신만의 취미와 취향을 찾아 하루를 행복으로 채우고 싶은가. 그렇다면 지금 펜을 들고 어릴 적 나에 대해 끼적여보자. 내가 좋아했던 놀이, 수업, 물건 등…. 다양한 온라인 활동도 도움이 된다. 이리저리 관심이 있는 강의를 듣다 보면 진짜 나와 맞는 취미를 발견할지도 모른다.

나의 경우는 아이의 성장 기록 및 포스팅을 위해 사진을 아주 많이 찍어왔다. 하지만 내가 찍은 사진을 볼 때마다 조금씩 아쉬움이 있었다. 왠지 2퍼센트 부족해 보이는 구도. 그때부터 배워서 제대로 찍고 싶다는 열망이 생겼다. 하지만 사진을 어디서 배우지? 막막했다. 배우러 다닐 시간도, 배울 곳도 없었다.

그렇게 사진 배우기에 대한 생각이 잊혀질 무렵, 글쓰

기 모임에서 온라인 사진 강의 소식을 접하게 되었다.

"이거다."

이미 사진 배우기라는 나의 소망을 알고 있었기에 망설임은 없었다. 강의는 4회로 진행되었고, 매주 사진 과제가 있었다. 과제에 대한 부담도 있었지만 수업은 알찼고, 매주 1시간 20분은 금세 흘러갔다. 수업을 듣고 과제를 하며 내가 사진 찍기에 관심이 많다는 사실을 알게 되었다. 필요 때문에 시작했지만, 소중한 취미 하나를 발견한 것이다. 사진 강의를 듣지 않았다면 과연 찾을 수 있었을까.

종종 집에서 베이킹을 한다는 공무원 지인은 정년퇴직 후 웰빙 식사 빵집을 여는 것이 꿈이라고 한다. 취미에서 출발해 근사한 미래를 그려가는 그녀의 야무짐이 놀랍고 참 부럽다. 당신도 늦지 않았다. 지금 당장 종이를 꺼내어 적어보자. 어릴 적 나를 만나보자. 관심이 가는 온라인 수업도 들어보자. 온라인 수업은 워킹맘이라도, 어린아이를 키우는 전업주부라도 가능하다.

요즘은 책과 온라인 콘텐츠도 넘쳐나고 비대면 수업도 많다. 그러니 하나씩 시도하고 경험치를 쌓아보자. 수많은 삽질 끝에 소중한 당신의 취미를 만날지도 모른다. 시작하지 않으면 아무 일도 일어나지 않는다. 시작이 반이고 전부이다.

▶ 당신만의 취미를 찾는 법

-핸드폰 스크린 샷: 핸드폰 앨범의 스크린샷을 꼼꼼히 살펴보세요. 보통 내가 관심 있는 분야를 캡처하기 마련입니다.

-SNS 추천 콘텐츠: 주로 추천으로 뜨는 콘텐츠가 어떤 분야인가요? 알고리즘은 내가 자주 검색하거나 오래 머물렀던 분야를 추천해 주기 때문에 취미를 찾는데 도움이 됩니다.

-구매한 책 목록: 내가 구매한 책의 목록을 찾아보세요. 대략적 관심 분야를 찾을 수 있습니다.

-구독하는 유튜브 채널: 나의 구독 채널에서도 단서를 발견할 수 있습니다.

-어릴 적 좋아했던 수업, 놀이, 무언가에 빠져들었던 기억: 저는 어릴 적 조별 역할극 과제를 좋아했고 노래 수업을 제일 신나 했습니다. 그래서일까요? 성가대와 뮤지컬 동호회 활동을 했고

뮤지컬 관람을 무척이나 좋아한답니다.

-온라인에서 남들의 취미 엿보기: 요즘 유행하는 취미와 운동에 대한 정보를 얻고 흥미로운 분야에 하나씩 도전해 보세요.

☞제일 중요한 건 시도와 도전입니다. 직접 해봐야 나와 맞는지, 내가 좋아하는 일인지 알 수 있습니다. 취미가 직업이 되는 시대잖아요. 가볍게 시작한 일이, 인생의 항로를 바꾸어 놓을지도 모릅니다.

오늘의 생존 팁

오늘 하루를 풍성하게 채워줄 나만의 취미를 만들어보세요. 어릴 적 로망이나 좋아했던 과목을 떠올리는 것도 도움이 됩니다. 그리고 일단 시도해 보세요. 아마 평소보다 퇴근길이 설레고 즐거워질 겁니다.

나잇살은 존재한다

"엄마, 몇 킬로야?"

"너 이 옷 살쪄서 못 입지? 진짜 좀 빼야겠다. 근데 뺄 수 있겠어? 못 입을 거면 다 버려."

나도 안다. 내 체중이 많이 늘어났다는 사실을. 만약 내 다이어트 역사를 읊으면 책 한 권이 나올지도 모른다. 유치원 입학과 함께 시작된 살과의 전쟁. 조금씩 붙기 시작한 살은 초등학교 고학년에 이르러 통통함을 훌쩍 넘어섰다. 몸이 변하자 눈은 더 작아 보였고 목은 짧아 보였다. 무엇보다 자신감이 눈에 띄게 줄었다. 원래 내성적이던 성격은 더 위축되어 안으로 쪼그라들었다.

중학교 방학, 아이들의 놀림이 등을 떠밀었다. 그렇

게 시작한 초저열량 다이어트로 15kg을 감량했다. 하지만 슬금슬금 늘어나는 몸무게와 다시 싸워야 했다. 다이어트 주사와 식욕억제제, 헬스 PT, 필라테스, 킥복싱, 저탄고지까지. 할 수 있는 방법은 거의 다 시도하며 요요를 버텼고, 그렇게 40kg 후반에서 50kg 초반의 몸무게를 유지해 왔다.

하지만 근무시간이 길어지며 일상에 균열이 생겼다. 새벽 출근과 더불어 업무 파트의 변화가 생겼고 엄청난 직장 스트레스를 받게 되었다. 그래서일까, 부족한 수면과 함께 나날이 식욕이 끓어올랐다. 정신을 차릴 때쯤 임신 이후 처음 보는 몸무게를 갱신하고 있었다. 바지도 티셔츠도 예전 같은 핏이 나오지 않았다. 허리 단추를 내어 달고 계절마다 펑퍼짐한 옷을 다시 사야 했다.

사실 30대에는 식사량만 줄여도 어느 정도 조절이 되었다. 하지만 40대가 되니 확실히 다르다. 탄수화물을 줄이고 단식 시간을 늘려도 살이 빠지지 않는다. 하루 두 시간씩 운동을 해도 마찬가지다.

변화가 있어야 지속할 수 있는데, 맨땅에 계란만 던지는 것 같아 힘이 빠졌다. 발버둥 쳐도 벗어날 수 없는 체중계 숫자. 그 숫자 속에 갇힌 것만 같았다. 매일 신경 써서 먹는데 왜 체지방은 더 늘어나는지. 500g이 빠져도 다시 1kg이 찌는 기가 막힌 마법. 나는 평생 이대로 살아야 하는 걸까.

길거리는 온통 날씬한 여자들로 가득했다. 나도 한때는 저렇게 입고 다녔는데…. 서글펐다. 육아 핑계를 대기에는 너무나 날씬한 주변 엄마들. 결심이 필요했다. 이대로 앞자리 숫자가 한 번 더 바뀔 수는 없지 않은가. 엄마로서 건강을 지키기 위해서라도 변화가 절실했다.

"20년이 넘게 내 몸에 무슨 짓을 한 거지? 어차피 평생 건강을 위해 몸 관리를 해야 하니, 체중감량이 아니라 건강을 목표로 습관을 바꾸자."

그렇게 나는 목표를 수정했다. 살이 빠지지 않는다고 안달복달하지 않기. 평생 건강할 수 있는 생활습관으로 갈아타기.

그때부터 미친 듯 인터넷을 뒤졌다. 검색 끝에 건강한 다이어트를 지도해 주시는 분을 알게 되었고, 한 달 동안 식단 코칭을 받기 시작했다. 매 식사에 단백질과 야채를 챙겼다. 공복시간을 지켰고 매일 저녁 30분 이상 아파트 주변을 뛰었다. 근력운동은 커뮤니티 헬스장을 이용했다.

마음을 굳게 먹고 술도 끊었다. 음주 후 계속 탄수화물이 당기고 글쓰기와 독서도 놓아버리는 상황이 싫었다. 절제가 어렵고 하고 싶은 일에 방해가 되면 끊는 게 답이라 생각했다. 술 한 잔의 위로 대신, 몸이 달라지는 운동의 재미를 택하기로 했다.

"타고난 체질에 따라 다르지만 폐경 후에는 숨만 쉬어도 살이 찐다고 하잖아요. 먹는 양을 줄이는 것으로는 힘들어요. 잠깐 줄어든 체중에 맞춰 기초 대사량도 줄어드니까요. 요요도 오고요. 먹는 종류를 바꾸고 활동량을 늘려야 해요."

주치의 선생님의 당부를 떠올리며, 오늘은 동네 빵집에 들러 샐러드 하나를 집어 들었다. 채소와 단백질을 잘 챙겨 먹으라는 조언 때문이다. 신선한 채소에 치즈와 견과류 그리고 먹음직스러운 닭가슴살이 푸짐하게 올라가 있었다.

샐러드가 원래 이렇게 상큼했나? 모처럼 오후 근무가 없는 날, 그렇게 나에게 한 끼를 대접했다. 건강한 행복이라는 단어가 떠올랐다. 변화된 식습관과 함께 내 몸도 조금씩 변화하겠지.

현재 나는 한 달 만에 5kg 정도 체중감량에 성공했다. 단백질 식사 덕분에 근육은 늘었고 체지방률은 줄어들었다. 단지 살이 빠졌을 뿐인데 세상을 보는 눈이 달라졌다. 작은 성공 덕분에 마음먹으면 뭐든 할 수 있다는 자신감이 생겼다. 나를 제어할 수 있다는 자신감은 스스로에 대한 애정과 신뢰로 이어졌다.

다른 결심이 다른 결과를 만든다. 그리고 그 결과는 나의 삶 자체를 바꾸어 놓고 있다. 삶을 바꾸고 싶다면 먹는 것부터 바꾸어 보자. 그러면 몸이 달라지고 인생의 방향도 함께 바뀔 것이다.

▶ 전문가들의 의견을 종합한 나잇살 거스르는 다이어트 꿀팁

1. 운동에 대한 긍정적인 생각을 가지세요.

운동을 하고 나면 개운하다, 움직임 자체가 즐겁다고 생각해 보세요. 운동에 대한 긍정적인 인식 덕분에 짧은 거리는 걷고 승강기 대신 계단을 이용하는 일이 늘어나게 되었어요. 때로는 예쁜 운동복을 입고 운동하는 내 모습에 잠시 심취해 보기도 하고요.

외출이 어려운 날에는 경험상 홈트도 충분히 괜찮습니다. 운동 효과가 좋은 영상 몇 개를 골라 저녁 식사 후 20분만이라도 몸을 움직여 보세요. 화면 속 선생님과 함께 운동하는 기분도 들고, "얼마 안 남았어요. 힘내세요."라는 말 한마디에 하나라도 더 하게 되더군요.

어떤 계기로 시작했든, 운동에 재미를 붙이는 것이 무엇보다 중요합니다.

2. 식이조절: 건강한 식단을 위해서는 약간의 부지런함이 필요합니다. 저는 식사 준비를 덜기 위해 삶은 달걀과 냉동 닭가슴살을 항상 구비해둡니다. 아삭한 걸 좋아해서 당근과 오이는 늘 냉장고에 있고, 매일 도시락으로도 싸 갑니다.

또한 당은 당을, 밀가루는 밀가루를 부른다는 사실을 아시나요? 며칠만 이런 음식을 끊어내도 더 이상 당기지 않는다는 사실을 경험했습니다. 대신 매끼 단백질을 잘 챙겨야 합니다.

3. 운동, 식이, 감정 기록: 기록을 하면 감정에 따른 식이 변화를 알 수 있습니다. 또한 우리는 노력한 만큼 성과가 없을 때 지치거나 동력을 잃어버리는데요. 체중감량이 더딜 때 운동에 대한 기록을 보며 미세한 성장을 확인할 수 있습니다.
'예전보다 등 운동 중량이 늘어났네. 횟수도 늘었어.'

4. 틈새 운동: 저의 경우는 직업 특성상 활동량이 적을 수밖에 없는데요. 그래서 쉬는 시간마다 간단한 스트레칭이나 근력 운동을 합니다. 컨디션이 처지지 않을 뿐 아니라, 나는 늘 운동하는 사람이라는 인식을 스스로에게 각인시킬 수 있습니다.

5. 수면: 전문가들의 말에 따르면 수면이 식욕 호르몬에 영향을 준다고 하더군요. 적어도 6시간 이상 충분히 자야 식욕이 안정됩니다.

6. 물 섭취 : 물은 지방분해 및 노폐물 배출에 도움을 줍니다.

오늘의 생존 팁

나이가 들수록 다이어트 반칙은 통하지 않습니다. 40대가 된 지금은 건강과 자신감을 위해 운동은 필수라는 생각이 듭니다. 저의 40대 지인들도 러닝을 하며 4kg 이상 감량을 했는데요. 그들을 보며 다시 한번 마음을 다잡아 봅니다.

우리 남편이 달라졌어요

.
.
.

무뚝뚝한 남편을 180도 바꾸어 애처가가 되었다는 이야기는 절대 아니다. 나는 평강공주도 아니고 그렇다고 사람 다루기에 노련한 편도 아니기 때문이다. 단지 교양책과 담을 쌓고 경직된 사고를 하던 남편이 조금씩 변화하고 있음을 풀어내고 싶었다.

30대에 처음 만난 남편은 가정적이지만 고지식한 면이 있었다. 나는 그의 순박함이 좋았고 묘한 안정감을 느꼈다. 하지만 시간이 지나고 결혼하며 우리 둘은 생각도 성격도 많이 다르다는 것을 알게 되었다. 자유분방하고 통념에 얽매이는 걸 싫어했던 나는 남편의 고정된 사고에 답답함을 느꼈다.

아이가 태어난 후 남편은 경기도의 한 검진센터에

입사하게 되었다. 프리랜서 생활을 오래 했던 남편은 직장 생활의 적응에 힘들어했다. 특성상 여자 동료들이 대부분이던 직장 그리고 차근차근 막내 시절부터 밟아오지 않은 남편. 그래서일까 중간관리자의 위치는 그에게 버거웠고 늘 스트레스였다.

말수도 적은 데다 그리 다정다감하지 않은 말투. 사람들의 오해와 함께 입방아에 오르내리기에 충분했다. 출근만 1시간 30분이 걸리는 곳이었지만 남편이 그 직장에 잘 정착하길 바랐다. 그곳이 아닌 다른 곳이라고 다를까. 자신을 바꿔야 했고 그 벽을 깨야만 했다.

내가 할 수 있는 거라곤 남편의 하소연을 들어주는 것이었다. 내 조언에도 불구하고 여전히 남편의 인사 평가는 좋지 않았다. 사람들의 호불호가 극명한 캐릭터. 무뚝뚝하고 잔소리를 자주 했지만, 후임들에게 많은 노하우를 알려주려는 마음이 강했다. 하지만 받아들이는 사람의 입장은 제각기 달랐다.

나는 그때부터 종종 남편의 가방에 책을 넣어주기 시작했다. 책의 내지에는 수줍게 응원의 편지를 적었다. 당신을 믿고 있다는 내용도 함께. 고른 책들은 대체로 남편의 인간관계 고민 그리고 바꾸고 싶어 하던 부분에 대해 담고 있었다. 남편이 책을 완독하는지는 그리 중요하지 않았다. 책을 몇 번 펼쳐보기만 해도 절반은 성공이었다.

그 후 우리는 부산으로 이사했고, 남편은 이직한 직장에서 다시 힘겨운 적응 기간을 겪었다. 하지만 이제는 어느 정도 사회생활에 적응한 모습이다. 그리고 최근 안방을 정리하다 수납장 위에 있는 낯선 책 한 권을 보게 되었다.

'내가 사준 적이 없는데…. 설마 스스로 인문학 책을 산 건가?'

내가 책을 집어 들자, 아들이 쪼르르 와서 알려준다.

"그거 아빠가 읽고 싶어서 산 거래."

세상에, 남편 책육아에 성공한 걸까. 책을 읽는 모습을 보여주고, 가방에 책을 넣어준 것밖에 없는데….

스스로 인문학 책을 산 남편이 대견하고 사랑스럽다.

남편이 다음 책을 살지 안 살지는 모르겠다. 하지만 아들이 책 읽는 것보다 기쁜 남편의 첫 독서. 그 후 남편은 한 달 정도 매일 책을 읽고 출근을 했다. 언젠가 온 가족이 모여 책을 읽는 내 로망이 이루어질까. 책을 통해 남편이 더 넓고 큰 사람이 되기를. 그의 긍정적 변화를 응원하고 또 지지한다.

▶ 책을 싫어하는 가족에서 책을 스며들게 하는 법

1. 책을 가까이하는 모습을 계속 보여주세요. 무의식중에 각인을 시키는 겁니다.
2. 현재 가족의 고민이나 관심사에 맞는 책을 선물하세요. 책의 내지에 한두 줄 응원 문구도 잊지 마시고요.
3. 온 가족이 함께 서점 나들이를 가보세요. 서점에는 책뿐 아니라 문구류 등 다양한 볼거리가 많습니다. 저에게는 서점이 오감이 즐거운 놀이터예요. 특유의 책 냄새도 좋고요. 눈에 책이 보이면 나도 모르게 손이 가고, 서점 안 분위기에 동화됩니다. 처음에는 무심하던 남편과 아이도, 어느새 책장을 넘기고 있을 거예요.

오늘의 생존 팁

내가 변하면 가족도 변합니다. 몇 달 전 저는 금주 선언을 했는데요. 덕분에 술친구를 잃은 남편도 음주 횟수가 확연히 줄었습니다. 이젠 온 가족이 배달 음식도 거의 먹지 않고 있답니다.

워킹맘에게 모닝커피가 특별한 이유

“따뜻한 아메리카노 한 잔 주세요.”

아침밥을 먹고 오는 나는 오늘도 출근길 카페를 지나치지 못한다. 이글거리는 삼복더위에도 나의 취향은 확고하다. 따뜻한 아메리카노. 이유는 간단하다. 분주한 직장에서는 커피 한 잔도 여유 있게 마시기 힘들기 때문. 얼음이 든 음료는 금세 맛이 변해, 근무 중에 마시기엔 적당하지 않다.

커피는 하루를 깨우며, 바쁜 오늘을 시작하는 나에게 주는 위로이자 응원의 선물이다. 컴퓨터를 켠 후 따뜻한 커피를 한 모금 마시면, 치열한 일터는 잠시나마 분위기 좋은 카페가 된다. 매일 이렇게 카페로 출근해서 글을 쓰고 책을 읽을 수 있다면 얼마나 좋을까. 잠시나마 행복한 상상을 해보기도 한다.

업무 시작 5분 전, 다이어리를 꺼내 한줄 일기를 쓰고 투두 리스트를 체크한다. 오늘도 바쁜 하루가 될 것 같다, 일이 하기 싫다, 기분이 괜히 우울하다 등등…. 뭐든 좋다. 그냥 생각나는 대로 마구 써 내려간다.

그 한잔이 뭐 그리 대단하냐 생각할 수 있지만 커피는 오늘도 출근을 해내는 나와 아침을 함께 여는 존재이다. 그리고 덕분에 시작이 외롭지 않다.

행복은 그리 대단하지 않은 것에서 시작한다. 모닝커피 한잔, 다이어리에 쓰는 일기 한 줄, 유독 향이 좋은 핸드크림…. 「행복의 기원」 서은국 교수님은 말씀하신다. 행복은 목표가 아니라 도구이고, 크기보다 빈도가 중요하다고. 인지심리학자 김경일 교수님은 행복한 사람은 강인하며 그 행복을 매일 기록해야 한다고 알려주신다.

행복이 목표가 된다면 우리는 행복으로 가는 과정

을 즐기지 못할 것이다.

'나는 경제적 자유가 있을 때 행복할 수 있어.'

이렇게 거대한 행복이 목표가 된다면 도달하는 내
내 고되고 불행할지도 모른다. 그래서 우리는 일상에
서 행복을 발견하고 사용해야 한다. 그 행복은 삶의
고단함을 이겨내는 커다란 힘이 된다. 이제는 소소하
고 작은 행복을 삶의 도구로 사용해 보는 건 어떨까.

나는 오래전부터 모닝커피라는 작은 행복을 누려
왔고, 근래에는 숙면을 위해 그 자리를 허브티로 대신
하고 있다. 최근에는 다꾸, 그러니까 다이어리 꾸미기
라는 새로운 행복도 발견했다. 이번 주말에는 드라마
몰아보기라는 행복으로 에너지를 충전할 생각이다.
이렇게 자잘한 행복을 배치하면 힘들게만 느껴졌던
나의 일상도 꽤 괜찮은 하루로 다가오지 않을까.

행복한 사람은 강인하다고 했던가. 내 주변만 봐도
그렇다. 사소한 일에 행복을 느끼고, 취미를 즐기며
긍정적인 사람들은 강인하고 또 멋져 보인다. 회복탄

력성이 좋으며 힘든 일이 있어도 잠시 넘어졌다 툴툴 털고 일어난다. 크게 스트레스를 받지 않는다.

오늘은 다이어리를 펼쳐 행복에 대해 적어볼 생각이다. 어제의 나는 언제 가장 행복했을까. 왜 그 순간이 좋았을까. 나는 어떤 사람이고, 무엇이 나를 웃게 만드는지.

▶ 하루를 행복으로 채우는 방법

1. 내가 좋아하는 것들을 써봅니다. (예: 힐링요가, 아로마 입욕제, 반신욕, 발 마사지 받기, 영화 보기 등)
2. 그것들을 나의 하루에 배치합니다. (예: 오늘은 불금. 육아 퇴근 후 라벤더 입욕제를 풀어 반신욕을 해야지. 반신욕 중에 찜해 둔 영화를 보면서 따뜻한 허브티도 마셔야겠어.)
3. 행복과 우울감 등 하루의 감정을 기록합니다. 상황과 이유까지 구체적으로 기록하면 더 좋습니다. (예: 아침 운동을 마치고 걸어오는 길이 참 좋았다. 나뭇가지를 흔드는 바람과 아침 햇살에 왠지 모를 설렘마저 들었다. 운동이 가기 싫을 때마다 마치고 돌아오는 그 길을 떠올려야겠다.)

4. 내가 누리고 있는 감사할 부분들도 적어봅니다. (예: 직장이 멀지 않아 출퇴근에 에너지를 크게 쏟지 않아도 된다. 덕분에 저녁 운동을 할 수 있다. 그런 부분이 참 감사하다)

5. 하루에 한 번, 가족들에게 사랑의 표현을 합니다.

6. 간단한 식사도 매끼 예쁘게 차려 먹습니다. 하루 종일 고생한 나를 위해.

오늘의 생존 팁

일상에서 당신의 행복을 발견해 보세요. 돈이 늘 부부 갈등의 원인이라고 가정해 볼게요. 매일 가계부를 쓰며 돈이 모이는 즐거움을 느껴보는 건 어떨까요. 그 과정마저 행복이 될 수 있습니다.

나는 왜 늘 시간이 부족할까?

"와, 오랜만이에요. 잘 지내지요? 일하느라 핸드폰 확인을 못 했어요."

반가운 글벗에게서 온 부재중 전화. 그녀는 2년 전 본격적인 글쓰기 활동을 하며 알게 된 친구이자 조력자이다. 생각해 보면 브런치라는 플랫폼에 글을 쓰게 된 것도, 글쓰기에 욕심이 생긴 것도, 출간에 도전할 용기를 얻은 것도 다 그녀 때문이다.

"나 시간 사용을 잘 못하나 봐요. 일을 그만두면 매일 글도 한편씩 쓰고 책도 많이 읽으려고 했는데 예전이랑 변함이 없어요."

하소연을 들어보니 최근 일을 그만둔 그녀 또한 워킹맘인 나처럼 시간 부족에 허덕이고 있었다. 일을 쉬게 되면 시간이 넘쳐날 거라고 생각했는데…. 역시 시간은 사용하기 나름인 걸까.

곰곰이 생각해 보면 그날 할 일을 처리하지 못하는
것은 시간이 부족해서가 아니다. 풀타임 워킹맘인 나
에게도 적어도 저녁 두어 시간은 여유가 있다. 하지만
식사 후에는 늘어져 핸드폰을 보거나 드라마에 넋을
놓다 소중한 시간을 흘려보내곤 한다.

그러다 정신을 차리면 열 시. 아이를 재우고 컴퓨터
를 열어보지만, 졸음이 쏟아져 독서와 글쓰기를 할 컨
디션이 되지 않는 것이다. 후회를 하지만 어쩔 수 없
다. 잠은 자야 다시 내일 출근을 할 수 있으니까.

반면, 전날 저녁을 글쓰기와 독서로 마무리하고 나
면 다음날 아침이 무척이나 개운하고 뿌듯하다. 특히
독서로 지식을 확장하고 내면을 채우고 나면, 설명하
기 힘든 자신감이 내 안 깊은 곳에서 차오른다. 하루
근무 후 방전된 나에게 그 시간은 무엇보다 절실하다.

그렇게 전날 에너지를 충전하고 나면 오늘을 시작

할 용기가 나고 의욕이 샘솟는다. 하지만 숏폼과 SNS
에 허우적대다 잠이든 다음날은 왠지 무기력하고 피
곤하다. 나에 대한 신뢰 또한 무너진다.

시간이 없는 것이 아니다. 단지 허비할 뿐이다. 최근
책과 강의를 통해 얻은 나의 결론은 알찬 하루를 위
해서는 미리 하루를 기획해야 한다는 것. 그리고 틈새
시간을 활용해야 하며 장소의 변화 또한 필요하다는
사실이다.

오늘 저녁은 아이 학습지 지도를 한 후 초고 한 꼭지
를 완성하겠다는 목표를 세웠다고 가정하자. 그럼 먼
저 다이어리를 꺼내어 미리 기획을 하는 것이다.
'저녁식사와 설거지는 7시 안에 끝낸다. 아이 학습
지를 마치고 나면 8시부터 9시까지 집중해 초고 한
꼭지를 완성한다. 장소는 식탁도 괜찮지만, 집중력을
높이기 위해서는 아파트 도서관이 더 낫겠다. 거실에
서 글을 쓴다면 분명 드라마의 유혹에 넘어가거나, 긴
장이 풀려 소파에 눕게 될 테니까.'

이렇게 기록으로 하루를 미리 기획한다.

'글을 쓰지 않는 저녁은 드라마를 보는 내내 코어운동을 해야지. 누워서 하는 운동이니 충분히 가능해.'

성취를 위해서는 나의 하루도 어느 정도 기획이 필요하다는 사실을 뒤늦게 알게 되었다. 어쩌면 내가 버리는 시간만 주워 모아도 책 한 권은 더 쓸 수 있을지도 모른다.

이제 시간이 없다는 핑계 대신 다이어리를 꺼내들자. 내 삶의 기획자가 되는 것이다. 뿌듯한 하루가 쌓이다 보면 삶도 내가 원하는 방향으로 조금씩 변하지 않을까. 다시 오지 않을 소중한 시간, 어떤 일로 하루를 채울지는 내가 선택할 수 있다. 나는 내 삶의 주체이고 주인이기 때문이다.

▶ 다이어리를 활용한 시간관리 꿀팁

1. 매일 내가 꼭 해야 할 것 한 가지를 적어봅니다.

예) 저녁 운동하기

2. 이것을 위해 해야 할 것과 하지 말아야 할 것도 기록합니다.

예) 저녁식사 과식하지 않기, 집에 오자마자 운동복 입기, 좋아하는 유튜브 들으며 러닝

3. 이 일을 수행할 시간과 장소를 구체적으로 적어둡니다.

예) 저녁 8시~9시, 아파트 산책로

4. 이 일을 하고 난 후 나의 감정과 느낀 점을 기록합니다.

예) 뛰고 나니 몸이 한결 가볍고 기분도 상쾌하다. 솔직히 딱 십 분만 뛰려고 나섰던 게 사실이다. 하지만 달리는 동안 공기가 너무 시원했고 어느새 삼십분을 더 뛰고 있었다. 이 기분 때문에 달리기를 하는 걸까.

어젯밤 나를 괴롭히던 잡생각들이 시원한 바람을 타고 모조리 날아간 것 같다. 운동이 습관이 되도록, 안 하면 찜찜함이 남도록, 단 1분을 걷더라도 매일 나가야겠다고 다짐했다. 다이어트 내내 운동을 이어오며 알게 된 건, 띄엄띄엄 하는 것보다 차라리 매일 하는 편이 훨씬 쉽다는 사실이다. 그래야 마음의 저항도 줄어든다는 것도.

> **오늘의 생존 팁**
> 시간이 없는 게 아니에요. 허비하는 시간만 있을 뿐.

아침 루틴이 필요한 이유

이직 후 좋은 것이 있다면 매일 아침 루틴이 가능하다는 것이다. 5시 반에 일어나면 적어도 아이 등원 준비를 하기 전까지 한 시간의 여유가 생긴다.

"일도 하시면서 책은 도대체 언제 쓰는 거예요?"
얼마 전 공저 책을 출간했던 나에게 주변 엄마들이 물었다. 분량의 많고 적음을 떠나 워킹맘에게 책쓰기란 결코 쉬운 일이 아니다. 공저는 네 꼭지 분량이라 큰 부담이 없었지만, 단독 저서에 도전하는 일은 생각보다 훨씬 만만치 않았다.

"틈틈이 써요. 주로 아침에 일찍 일어나 글을 써요."
사실 저녁도 아예 시간이 없는 건 아니다. 아이의 학습지가 끝나고 나면 나에게도 어느 정도의 여유가 생긴다. 이 여유도 외동아이를 키우기 때문에 가능한 것. 둘째가 있었다면 생각도 하지 못했을 것이다. 이 시간을 활용하면 생각보다 더 많은 일을 할 수 있다.

 하지만 아침에 글을 쓰면 유난히 몰입이 잘 된다. 사람마다 다르겠지만 많은 사람이 아침 글쓰기를 추천한다.「글쓰기로 한 달에 100만원 벌기」의 저자 김필영 작가님은 뇌가 방랑자 모드가 되었을 때 아이디어가 잘 떠오른다고 하셨다. 주로 샤워나 산책을 할 때 방랑자 모드에 진입할 수 있다고. 나에게는 아침 시간이 그렇다. 조용한 거실에서 혼자 글을 쓰는 그 시간이 유일하게 나와 만날 수 있는 시간이다.

 나는 주로 아침에 초고를 쓰고, 저녁에는 운동을 하거나 SNS 콘텐츠를 제작한다. 하루 컨디션에 맞게 그렇게 시간을 배분했다. 아침 다섯 시 반에 일어나 양치와 세수를 한 뒤 미지근한 물 한 잔을 마신다. 그리고 식탁에 앉아 초고를 쓰기 시작한다. 글감만 있다면 한 꼭지를 완성하는 것도 충분히 가능하다. 아침은 저녁보다 변수가 적고, 생각보다 많은 일을 해낼 수 있다. 전날 늦지 않게 잠자리에 들어 제시간에 일어날 수만 있다면 말이다.

　또한 아침 출근길을 활용하면 짧은 강의 하나쯤은 충분히 들을 수 있다. 내가 듣는 강의들은 길어도 10~20분 남짓이라, 매일 하나씩 들어도 부담이 없다. 보통 1.2배속으로 들으며 중요한 자막이 나오면 캡처하거나 휴대폰 메모로 필기를 대신한다.

　출근길에 한 강의씩만 들어도 한 달이면 스무 강의 정도는 거뜬히 소화할 수 있다. 이렇게 쌓인 지식은 콘텐츠 제작이나 글쓰기에 고스란히 활용된다. 책을 쓰며 알게 된 것은, 창작에는 내면에서 길어 올린 성찰뿐 아니라 독서와 강의 같은 외부의 재료도 반드시 필요하다는 사실이다.

　그렇게 아침을 보내고 나면 왠지 모를 자신감이 생긴다. 평소보다 30분만 일찍 잠들고, 조금 더 일찍 일어나보자. 독서도 좋고 글쓰기나 그림처럼 그동안 해보고 싶었던 일이라면 무엇이든 괜찮다. 중요하지만 미뤄두었던 일들, 그중에서도 나 자신을 위해 꼭 필요한 일이 있다면 내일 아침부터 한번 도전해 보는 건 어떨까.

그 시간은 온전히 나만을 위한 시간이 될 것이다. 한 시간이 아니어도 괜찮다. 30분이면 충분하다. 한 달이 지나고, 일 년이 지나고 나면 훌쩍 성장해 있는 나를 발견하게 될 것이다.

▶출퇴근 시간 활용 꿀팁◀

1. 걷는 시간을 활용해 보세요.

: 온라인 강의를 듣거나 전자책 듣기 모드로 책을 읽을 수 있습니다.

2. 이동 중 앉아서 가는 시간이 많다면?

: 핸드폰으로 글을 쓰거나 책 읽기가 가능합니다. 다리를 붙이고 앉아 있는 것만으로도 허벅지 내전근을 강화할 수 있습니다.

3. 서서 발등만 들어도 종아리 스트레칭을 할 수 있습니다.

오늘의 생존 팁

해야 할 일이 분명할 때는, 아침 일찍 눈이 떠지는 경험을 다들 한 번쯤 해 보셨을 겁니다. 아침 시간은 세상 누구의 방해도 받지 않는 유일한 시간입니다. 매일 지키고 싶은 루틴을 당신의 아침에 배치해 보세요. 뿌듯한 아침을 보내고 나면 하루를 주도할 수 있다는 자신감이 들거든요. 나는 자신을 통제할 수 있고 해내는 사람이라고 스스로에게 인지시키는 겁니다.

마흔둘에 찾은 꿈

"글은 왜 쓰시는 거예요?"
"원래 꿈이 작가였어요?"

　내가 종종 듣는 질문이다. 꿈이 원래 뭐였더라. 사실 기억나지 않는다. 어릴 땐 학교 선생님, 의사, 과학자…. 좋아 보이고 멋있어 보이는 일은 하나씩 꿈에 대입해 보았던 것 같다. 특히나 오래전 드라마 카이스트를 본 후, 대학교수라는 직업에 막연한 로망을 품은 적이 있다. 학생들과 열띤 논질을 하며 강의를 진행하는 모습이 너무 멋져 보였기 때문. 하지만 시간이 지나 며 알게 되었다. 박사학위 취득이 얼마나 고되고 비용 부담이 큰일인지, 설령 학위를 마치더라도 대학에서 교편을 잡는 것은 쉽지 않다는 사실을.

　생각해 보면 의료기사라는 현재의 일도 꿈을 좇아

선택한 길은 아니었다. 단지 정년까지 일할 수 있는 직업을 택하고 싶었다. 아빠의 사업으로 늘 경제적 불안감 속에 자라서일까, 안정적 수입에 대한 열망이 우선이었다. 나에 대한 탐색은 안중에 없었다. 그저 괜찮은 직장에 들어가서 돈을 많이 벌고, 남들에게 능력 있는 사람으로 대우받고 싶었다.

그래서 교육을 듣고 경력을 쌓기 위해 무작정 서울로 올라왔다. 박봉과 엄청난 근무 강도. 그렇게 첫 직장을 버티며 나의 20대를 통째로 갈아 넣었다. 고시원 생활도 해보고 돈이 없어 편의점 김밥으로 저녁을 버틴 날도 있었다. 목표는 오직 하나, 다양한 경력을 쌓아 업계에서 몸값을 올리는 것이었다.

'내가 진짜 원하고 가슴이 뛰는 일을 하고 싶다.'
일이 턱까지 차오를 때마다 이 물음이 나를 괴롭혔다. 하지만 급여도, 시간도 자유로운 프리랜서 생활을 시작하며 그 질문은 조금씩 뒤로 밀려났다.

눈이 펑펑 쏟아지던 어느 날, 지금의 남편과 결혼했

고 몇 해 뒤 아이를 임신했다. 사실 결혼 전, 진짜 원하는 일을 찾겠다며 여러 상담과 컨설팅을 받아본 적도 있다. 하지만 기대했던 만큼의 해답을 얻지는 못했다.

출산 후 워킹맘으로 일하며 나를 위한 시간은 사라졌고, 아이가 커갈수록 금전적 부담에 숨이 막혀왔다. 그래서일까. 잠시 잊고 있던 물음이 다시 고개를 들었다. 나도 찾고, 꿈도 찾고 싶었다. 친정엄마 덕분에 출근을 이어갔지만, 더 이상 답을 미룰 수 없다는 사실을 직감했다.

꿈을 찾으면 본업과 겸업하며 삶의 활력을 얻고 그 일을 통해 돈을 더 벌 수 있지 않을까. 매일매일 고민했다. 길을 가면서도 생각했다. 자기 전까지 핸드폰 검색을 하며 틈만 나면 종이에도 끼적여보았다. 내가 무엇을 잘했더라, 어떤 걸 좋아했지. 좋아하는데 재능도 있고, 지금 내 상황과 맞는 일을 찾고 싶었다.

노래 부르기…. 좋아하지만, 재능이 있는 것도 아닌데 직업으로 연결은 힘들 것 같았다. 춤에 대한 열정은 있지만 몸치라 이것도 패스. 그저 취미가 아닌 수익 창출도 필요하기 때문이다.

그러다 어릴 적 글쓰기로 받은 상장들이 생각났다. 상을 많이 받았으니, 약간의 소질은 있는 게 아닐까? 사실 그 시절의 글쓰기는 즐거움보다는 대회와 숙제에 떠밀린 의무에 가까웠다. 하지만 일기와 다이어리 쓰기를 즐겨 했던 기억에 미루어, 내가 쓰는 행위를 그리 싫어하지는 않는다고 판단했다. 또한 본업과 병행할 수 있고 나이와 상관없으니 내가 찾는 꿈의 조건에 부합한다는 결론을 얻었다.

공간 감각이 부족하고 몸을 쓰는 것에 둔한 나. 그나마 잘하는 것은 글로 풀어내고 정리하는 것 그리고 콘텐츠를 만드는 일이라는 것을 이렇게 글을 쓰며 알게 되었다. 사실 첫 문장은 힘들지만 일단 몰입을 하면 손가락이 빨라지는 이 시간이 참 좋다.

나는 그렇게 나의 두 번째 스무 살을 맞이했다. 혹자는 나이 들어 무슨 꿈 찾기냐고 배부른 소리라고 생각할 수도 있다. 드라마 <서초동>의 하상기 변호사는 말한다. 흔히들 말하는 흙수저를 물고 태어난 그는 할 줄 아는 게 공부밖에 없었고 그래서 공부만 죽어라 했다고. 공부만이 그 인생의 탈출구였다. 나에게도 글 쓰기는 삶의 탈출구이고 일탈이다. 그래서 본업 외에 유일하게 잘할 수 있는 글쓰기에 매진하는 것이다. 글 쓰기의 끝에 삶의 변화도 있으리라 확신하면서.

두 번째 스무 살을 위해 오늘부터 작은 시도를 해보 는 건 어떨까. 종이에 쓰거나 챗GPT를 활용해도 좋 다. 때로는 산책이 도움이 된다. 일단 무엇이라도 시 작을 하는 것이다. 관심 분야의 책을 읽거나 강의를 듣는 것도 추천한다.

나의 경우는 MKYU에서 김경일 교수님의 강의를 들으며 인지심리학과 심리부검이라는 분야에 대해 새롭게 알게 되었다. 교양수업 덕분에 관심이 생겼지 만, 대학 졸업과 동시에 멀어졌던 심리학. 강의를 들 으며 점점 흥미가 생기고 가슴이 뛰기 시작했다. 다 음에 공부할 기회가 생겨 나의 글쓰기와 만난다면 또 어떤 이야기가 펼쳐질까.

이러한 발견도 찔러보고 시도를 해보았기에 가능한 것이다. 이 길이 아니면 다시 방향으로 틀면 된다. 중요한 사실은 돌아가더라도 길은 다 연결된다는 것. 버릴 경험은 하나도 없다.

한때 꿈꾸었던 다른 삶을 살아보고 싶은가. 그렇다면 지금 당장 종이와 펜을 꺼내 무엇이든 적어보자. 좋아했던 것들, 잊고 지냈던 허황된 꿈들, 말이 안 된다고 접어두었던 생각들까지. 글로 적어도 좋고, 그림을 그려도 괜찮다. 중요한 건 완벽이 아니라 시작이다. 흰 백지 위에서 당신의 두 번째 스무 살을 다시 시작해보자.

▶ 꿈을 찾는 질문 워크시트

1) 내가 잘하는 것 또는 사람들이 인정해주는 나의 강점은?
어릴 때 상을 받았던 경험이나 주변 사람들에게 자주 칭찬받았던 일을 떠올려보세요.

- 내가 잘하는 것 / 남들이 말하는 나의 강점

_____

예) 화초 키우기 / 설명을 잘한다

2) 내가 좋아하는 것은 무엇인가요?

돈을 내면서까지 배웠던 것, 자주 찾아보는 콘텐츠를 생각해 보세요.

- 내가 좋아하는 활동 / 반복해서 찾게 되는 관심사

_____

예) 화초 키우기, 독서, 뜨개질 / 분갈이, 식물 까페

3) 잘하는 것과 좋아하는 것이 만나는 지점은 어디인가요?

1번과 2번을 동시에 만족시키는 일이 있는지 생각해 보세요.

- 잘하면서 좋아하는 일:

_____

예) 화초 키우기

4) 내가 선호하는 근무 형태는?

_____

예) 일하는 방식: 혼자 집중해서 하는 일이 좋다 / 일의 성격: 손
   으로 무언가를 만드는 일이 좋다

참고- 근무 형태 체크리스트

※ 해당되는 항목에 체크해보세요.

1. 일하는 방식

□ 혼자 집중해서 하는 일이 편하다

□ 여러 명과 협업하는 일이 좋다

□ 대중 앞에 나서는 일이 부담되지 않는다

□ 조용히 드러나지 않는 역할이 좋다

2. 일의 성격

□ 손으로 무언가를 만드는 일이 좋다

□ 말로 설명하거나 가르치는 일이 좋다

□ 상담이나 코칭처럼 사람 이야기를 듣는 일이 좋다

□ 계산하고 분석하는 일이 편하다

□ 판매·홍보·기획하는 일이 흥미롭다

□ 누군가를 돌보고 돕는 일이 보람 있다

5) 내가 잘하면서도 좋아하고, 선호하는 근무형태와 맞는 일은?

———————————————————

예) 화초와 관련 있는 일, 혼자서 집중해서 작업을 하는 일, 손으
로 무언가를 만드는 일.

>> 그럼 플로리스트 준비를 해볼까?

6) 내 상황에서 선택할 수 있는 준비 및 시작 방식은?

_____

예) 준비: 국비지원 수업 또는 일정 조건이 되면 장학금을 지원

해주는 과정이 있구나.

시작: 육아와 병행해야 하니 무인 꽃집 또는 정기구독 배송

서비스를 제공하는 온라인 꽃집으로 시작해볼까?

▶ 나에게 적용해 보기

아래 문장을 나에 맞게 완성해 보세요.

1. 내가 좋아하면서 잘하는 일은 _____ 이다.

2. 내가 원하는 일의 방식과 성격

_____

3. 1번과 2번을 조합했을 때 나에게 맞는 일

_____

4. 3번의 일을 시작하기 위해 지금 내 상황에서 선택할 수 있는 준비

_____

5. 현재 나의 상황(육아, 시간, 체력)을 고려했을 때 현실적인 시

작 방식은?

_____

오늘의 생존 팁

헤이샘 클래스의 대표인 헤이샘은 이렇게 흥미
와 재능의 교집합을 찾다 보면 누구나 자신만
의 브랜드를 만들 수 있다고 하십니다. 100세
시대, 지금부터라도 내 인생의 후반전을 끌어
갈 그 무엇을 천천히 고민해 보는 건 어떨까요.

행복한 거북이 클럽에 초대합니다

.
.
.

　세상의 기준에 등 떠밀려 살아왔지만, 나만의 목표가 없었던 지난날. 남들이 원하는 것이 내가 원하는 것이라 믿었다. 그저 맞다고 하니까 줄을 섰다. 그 줄의 끝에 무엇이 있는지 모른 채. 막연히 돈과 사회적 인정이 삶의 목표였다. 그것이 세상의 가치였으니까.

　하지만 글을 쓰며 나 자신에 대해 고민할수록, 그것은 진짜 내가 원하는 것이 아니라는 사실을 알게 되었다. 물론 경제적 자유를 원하고 내 아이도 열심히 공부해 그 자유를 얻기 바라는 것은 사실이다. 그러나 그 이면에는 진짜 내가 원하는 일을 하며 그 일을 통해 돈을 벌고 싶다는 욕망이 자리 잡고 있었다.

　아이가 자라면서 비교가 시작되었고, 나도 모르게 조바심이 났다. 출산 전, 나만의 주관을 가지고 육아를 하겠다던 다짐은 시간이 지날수록 흔들리기 시작했다. 나와 아이 주변에는 온통 완벽해 보이는 가정들뿐이었다.

주말마다 각종 체험학습과 캠핑을 다니며 아이에게 좋은 경험과 추억을 만들어주는 부모들. 매일 잠자리 독서와 영어 노출을 놓치지 않으며 방학마다 해외여행 겸 영어 캠프를 떠나는 집들까지.

그에 비해 내 육아는 한없이 초라하고 부족해 보였다. 원할 때 휴가를 쓸 시간도 돈도 없었다. 아이 옆에 붙어서 매일 엄마표 영어 공부를 시킬 체력도 부족했다. 게다가 벌여놓은 일은 왜 이렇게 많은지…. 아이의 성장만큼 내 성장도 중요했다. 외동이지만 아이 둘을 키우는 것 같았다. 아홉 살 아들과 아직 스무 살에 머물러있는 나. 아홉 살 아들만큼 내 배움도 간절했다.

그런 나 자신에게 죄책감을 느낀 수많은 시간. 아이에게 쏟을 시간과 돈도 부족한데 내가 너무 이기적인 걸까. 하지만 나의 성장을 통해 얻은 경험과 경제적 여유로 아이의 꿈도 지원해 줄 수 있을 거라는 결론을 얻었다. 엄마인 내가 꿈을 찾아 행복하게 살아가는 모습이 아이에게도 좋은 영향력을 줄 수 있지 않을까 하는 확신도 들었다.

내면 소통 전문가 김주환 교수님은 아이를 위해서라도 부모가 행복해야 한다고 말한다. 감정과 충동을 조절하는 능력은 20대 중반이 지나서야 비로소 완성되기 때문이다. 가족의 정서는 금방 전염되기에, 부모가 행복할수록 아이도 행복하고 능력 있는 어른으로 성장할 수 있다고 강조한다.

아이를 키우며 느끼는 것 중 하나는 아이와 내가 가느다란 실로 연결되어 있다는 것이다. 그리고 나는 그 실을 아이가 온전히 설 수 있는 어른이 될 때까지 놓지 않을 생각이다. 대신 아주 느슨히 잡고 있다. 아들이 파도에 휩쓸릴까 멀리서 튜브 끈을 쥐고 있는 나의 지인처럼.

자유롭게 놀게 하지만 거친 파도가 올 때는 줄을 당

기기도 다시 풀기도 하며 그 주위를 맴돈다. 그리고 그 실을 통해 아이와 부모의 감정은 연결이 되어 있다. 엄마의 불안한 말투, 눈빛, 행복한 표정도 아이는 여과 없이 모두 보고 느낀다. 그래서 오늘 더 행복하고 단단한 엄마가 되기 위해 노력한다.

하지만 혼자만의 다짐은 늘 망각의 늪에 빠지게 된다. 바쁜 일상에 치여 무색해진다. 그렇게 무기력에 허우적대던 어느 날 내가 참여 중인 1인 기업가 모임, 꿈 실현 연구소가 생각났다. 모임 안에서 우리는 콘텐츠 발행 정보를 공유하고 독서 모임을 한다.

함께이기에 가능한 것이다.
'엄마들의 행복과 성장을 위한 커뮤니티를 만들어 보자. 여럿이 함께한다면 더 큰 힘이 되지 않을까.'

그래서 이 책을 쓰기 전 다짐했다. 초고를 완성하고 나면 꼭 커뮤니티를 만들어야지. 미리 이름도 정해 두었다.
'Happy Tortoise'

행복한 거북이 클럽…. 느리지만 행복한 엄마들의 성장을 돕는 커뮤니티다.

　오늘 직장에서 상처받고 힘들었던 일, 육아의 고충, 남편과의 불화…. 엄마이고 여자라서 공감하고 위로해줄 수 있는 부분이 있다. 같은 경험을 했던 이의 위로는 어떤 진통제보다 강력하다.

　함께하는 독서와 글쓰기를 통해 엄마들이 자신을 만나고 꿈에 다가갈 수 있기를. 나 또한 공저 책「그 집 식구들의 비밀」이라는 가족 에세이를 쓰며 글쓰기의 긍정적 효과를 제대로 경험했다. 한때 친정엄마의 한마디에 발작 버튼이 눌렸던 나는, 이제 웃으며 나의 부족한 점을 인정한다. 때론 가벼운 농담으로 그 상황을 넘기기도 한다.

　감히 내가 행복한 엄마라고 말할 수는 없다. 늘 불안과 걱정이 많고 멘탈도 약하다. 사실 행복은 주관적인 만족감이라 그 기준도 모호하다. 하지만 매 순간 행복을 발견하기 위해 노력하는 엄마라는 확신은 있다. 그리고 날마다 더 나은 내가, 더 나은 부모가 되기 위해 읽고 쓰며 성찰하고 생각을 확장한다.

한때는 완벽한 엄마가 되기 위해 자신을 채찍질했다. 빈틈 많은 내가 완벽한 엄마가 되려 하니 버겁고 힘이 들었다. 의무와 죄책감만 가득했던 하루. 하지만 부족함을 인정하되 비교를 내려놓으니 무거웠던 마음이 조금 가벼워졌다. 대신 내가 아이에게 해줄 수 있는 부분에 몰입하려고 한다. 매일 엄마표 수제 간식은 힘들지만, 아홉 살 폭풍 수다에 귀를 기울이며 쓰다듬고 꼭 안아줄 수는 있지는 않은가.

완벽하지 않아도 된다. 언젠가 더 빨리 걷는 시간이 올 것이다. 그저 멈추지만 않는다면, 아니 멈추더라도 다시 걷는다면 말이다. 머나먼 미래를 위해 오늘의 행복을 미루지 않길. 행복한 거북이의 여정에 지금 당신을 초대한다.

오늘의 생존 팁

혼자는 막막하지만, 함께 걷는 길은 덜 외로워요. 육아의 고충도, 직장에서 속상했던 일도, 당신의 두 번째 스무 살을 위한 고민도 같이 나누고요. 글쓰기, 다이어리 기록, 독서, 긍정 확언과 필사... 다양한 도구를 통해 매일의 행복을 감각 할 수 있게, 오직 엄마들을 위한 소모임을 만들어보려고 합니다. 그 안에서 아이들의 꿈도 함께 키울 수 있다면 더 좋겠네요. 언젠가 바다가 잘 보이는 곳에 엄마들을 위한 복합 문화공간을 만드는 게 저의 꿈이에요. 행복한 엄마를 꿈꾸는 거북이 클럽의 여정에 여러분도 함께하실래요?

당신의 육아는 게을러야 한다

초판 1쇄 인쇄 2026년 01월 26일
초판 1쇄 발행 2026년 01월 26일

지은이   박미경

기획   글로성장연구소
디자인   포레스트 웨일
펴낸이   포레스트 웨일
펴낸곳   포레스트 웨일
출판등록   제2021 - 000014 호
주소   충청남도 아산시 탕정면 용머리길 40 유니콘101 216호
전자우편   forestwhalepublish@naver.com

종이책   979-11-94741-83-1

작가님들과 함께 성장하는 출판사
포레스트 웨일입니다.
작가님들의 소중한 원고를 받고 있습니다.
forestwhalepublish@naver.com